U0890671

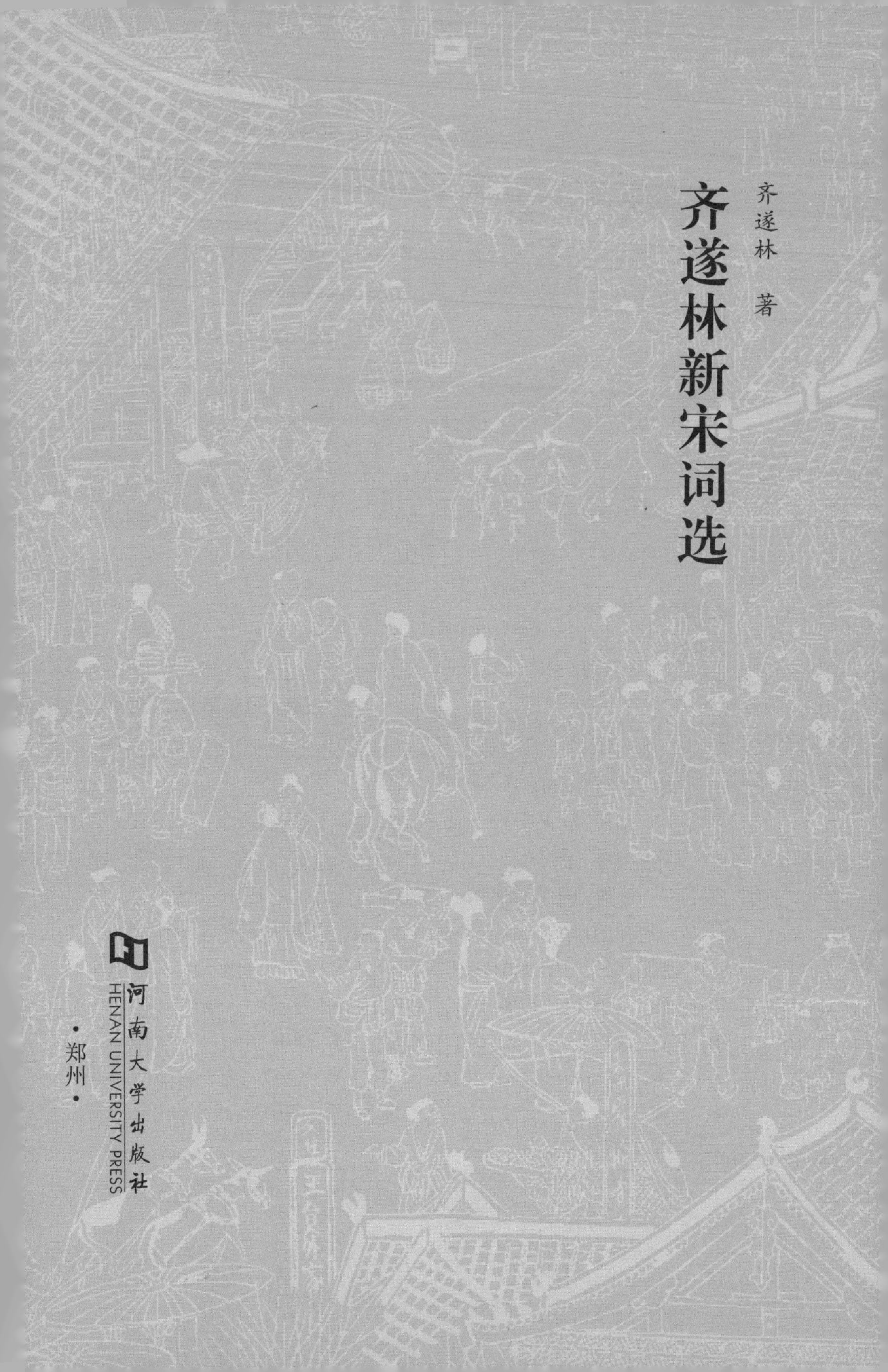

齐遂林新宋词选

齐遂林 著

河南大学出版社
HENAN UNIVERSITY PRESS
·郑州·

图书在版编目（CIP）数据

齐遂林新宋词选 / 齐遂林主编 .—郑州：河南大学出版社 ,2018.10

ISBN978-7-5649-3499-6

Ⅰ.①齐…　Ⅱ.①齐…　Ⅲ.①词（文学）—作品集—中国—当代　Ⅳ.①I227.8

中国版本图书馆 CIP 数据核字（2018）第 243258 号

责任编辑　史锡平
美术编辑　翟淼淼
责任校对　宋　珍
封面设计　肖　红

出　　版　河南大学出版社
　　　　　地址：郑州市郑东新区商务外环中华大厦 2401 号
　　　　　邮编：450046
　　　　　电话：0371-86059701（营销部）
　　　　　网址：www.hupress.com
排　　版　郑州市今日文教印制有限公司
印　　刷　郑州市毛庄印刷厂
版　　次　2018 年 10 月第 1 版　　印　　次　2018 年 10 月第 1 次印刷
开　　本　787mm × 1092mm　1/16　　印　　张　18.50
字　　数　250 千字　　定　　价　68.00 元

（本书如有印装质量问题，请与河南大学出版社营销部联系调换）

目录

序　言

第一辑　家乡流韵

第二辑　汴梁星空

第三辑　市井杂咏

第四辑　对月访古

第五辑　人间反串

第六辑　燕娘燕娘

第七辑　岁月如钩

附　录

新宋词序言

程民生

那是43年前的1973年。

话题还得从1972年说起。是年，还不满16岁的我，在草草上了两年荒唐的初中之后，就匆匆毕业了，按当时的“新常态”，下乡到开封市教育系统农场当知青。第二年，高中生齐遂林先生也来当知青了。我们都是“文化大革命”时期的学生，文化课基本没学什么东西。但都是文学青年，到农村这个新天地不但不改，反而以为有生活了，更加变本加厉，既是给自己增添精神支柱，也是渴求能找到一条出路。在带队老师宋景昌先生的鼓励和辅导下，几个文学青年的业余生活大多用来写作，互相传看“作品”，一起讨论，雄心勃勃，一心想成为作家。写什么呢？最时髦也最不需要门槛的文学，就是诗歌了。看了《唐诗一百首》《唐诗小札》，就写古体诗；看了《宋词一百首》，就蠢蠢欲动，想写宋词。诗写的多了，词却不行，不懂词牌格律什么的不说，也真难写。有段时间走火入魔，曾经想创新体裁，写过不三不四的东西。依稀记得有这么两句：“沥沥啦啦半晌午，方上归家路……”，诗不诗，词不词，顺口溜不顺口溜，煞是可笑。不过，现在想起来，好像就是流产的新宋词胚胎不是？

在农场五六百号人中，齐遂林先生是比较突出的，突出在痴痴呆呆的，痴于诗，呆于世。他写的东西唯美，学生腔极浓，几无人间烟火，因倾情于写诗，有“小李白”的雅号。不过，作为好友，作为文友，我却一直在这方面并不看好他——嗯，这也是“亲兄弟，明算账”。即使后来他到报社工作，我也认为他能当个好校对就不错。尽管若干年后，他的诗、散文诗、词比较火，名气渐大，我虽然喜出望外，但仍“不忘初心”，不以为然：不过尔尔嘛。

世界上怕就怕认真坚持。没想到啊没想到，这位文学青年专注到花甲之年，把所有的才华、性情一股脑地倾注到新宋词里，老蚌生珠，破蛹化蝶，惊艳出世，终于让我刮目相看：他、他、他，成精了！

我不常正式夸人，更少用极端语言。但在默默观察一段时间后，对新宋词，却破天荒地使用了“极好”！

因为新宋词，开封文坛有了生机和亮点；

因为新宋词，中国词坛有了创新；

因为新宋词，他的才情得以迸发；

因为新宋词，他以前的成绩都可以忽略不计；

因为新宋词，他所有的落魄、苦难都值得了。

似乎是，他生来就是为了创建新宋词！

现在要问：什么是新宋词？

用学术语言来讲，就是以新韵代替平水韵，以自然平仄代替程式平仄的词。明白了吗？估计绝大多数人看了就蒙。

词的问题还是用词解决吧。正如齐遂林先生的新宋词《诗词调》透露的那样：“心惊处、不知有韵，泪在律外扑簌。忘了是谁，忘了今古。……魂出窍时，且对山川诉！”震惊之余，激情来了，灵魂都出窍了，什么都忘了，迸发出了带泪的妙语，哪还管什么韵不韵的呀？又如其《四君子·兰》所云：“国香。十万里江山，十万里淡淡鹅黄。都掩入、四季次第，葱绿汪洋。不见脊梁，气韵自是脊梁。”主要看气质，重在神韵！

还不明白？那就按我的理解，用通俗的话讲：确属宋词的韵味，一个不懂词牌、韵律的文人，根本看不出来不是古人写的词。就像一个演员扮演一个历史名人，重在神似而不是形似，不是特型演员。句子想长就长，该短就短，还是地地道道的长短句，词的别名不正是长短句吗？本质依旧。词牌还有，只是重新组合了：《虞美人》的开头，《八声甘州》的肚子，《忆秦娥》的尾巴。您说新不新啊？

新词就新词吧，为什么非要叫新宋词？那就要说到宋代开封与宋词的关系了。

2016年4月，我在《社会科学战线》发表了一篇论文，题目是《汴京词都论——汴京对宋词发展的巨大贡献》。大意是：宋代开封是座词题材的丰富金矿，更是激发词创作灵感的宝地，特殊的环境推动、改变了词的意境、形式和方向，奠定了宋词的基础。宋初汴京对词史最大的贡献，就是造就了“千古词帝”李煜。繁荣的都市作为强烈意象涌入词中，使词人开辟了新境界，都市词应运而生，孕育了慢词和柳永。没有汴京这座城市的高峰，就没有柳永这座词人的高峰以及慢词，也就没有都市词乃至宋词的高峰。无论是风格、题材还是代表人物，汴京都可以说是宋词婉约派的根脉所在，与市民文艺“浅斟低唱”特点相一致。许多才子佳人在汴京创作出名篇佳作。宋词尤其是都市词、婉约词，无论在形式上还是内容上都大量体现了汴京品质、汴京情怀，具有汴京的芬芳和体温，散发着汴京的珠光宝气。汴京是词发展的圣地，是一代词都。宋词是宋代文学的时代特色和成就，也是汴京文学的时代特色和成就。

概言之，北宋时期宋词最大的发展、最大的流派、最好的词人、最妙的篇章，都在开封。那么，发扬光大宋词的新词，当代开封自然责无旁贷，是老树新葩，自然就应该叫新宋词。

其实，在宋代开封，词牌并非不可逾越，既可随意些，更可创建新词牌。史载汴京：“新声巧笑于柳陌花衢，按管调弦于茶坊酒肆。”（孟元老《东京梦华录·序》），“汴京繁庶，歌台舞席，竞赌新声。”（宋翔凤《乐府余论》）。这些民间的“新声”，便包括新创制的词牌。至于大词家，更是大胆，柳永、周邦彦就多有新创词牌，且多诞生于汴京。更有以开封元素命名的词牌。如《御街行》，“御街”毫无疑问就是开封的御街，因为其他任何地方也不敢有此称呼，词史中的几首《御街行》，都是宋人所填。又如《宴琼林》《金明池》等宋人新创的词牌，都有汴京的皇家园林名称，具有鲜明的汴京特色。柳永更创建了慢词，打破了小令一统天下的格局。也就是说，宋词一直是在创新中才发展的。800多年以后，天再降大任于开封，正落在土生土长的齐先生身上。柳永他们能任意创新词牌，齐遂林先生创建新宋词自然是顺理成章，天经地义。在当代毫无古典情怀的背景下，词不变革，终将消亡。

说实话，无论何时，无论何地，无论何人，都可以任意创建新词，那是个人的事。如果想让这件个人的事成为大众的事，关键在于好不好，好不好的关键在于是否被众人接受并赞扬、效法。新宋词的创建是第一步，用了20年的光阴，第二步如何走？走向何处？能走多远？要多长时间？至少现在还一无所知，但有星星之火点亮了，就有希望。

一个新词体的创建与流行，需要数十上百年的时间，需要成千上万个作者，需要许许多多的文学批评，而且一直是在不断完善的过程中。在这浮躁、物质、冷漠的时代，我期待着后宋词时代到来——新宋词的风行。若然，开封词都的地位就有了现实基础与辉煌——真是想想也就醉了。

话又说回来了，即便将来无花无果，烟消云散，那又怎样！他绽放了，朋友们高兴了，文坛起过波澜，人间多了份别样文字美好，够了！

2016年12月17日于河南大学

（程民生，宋史专家，河南大学教授，博士生导师）

中国词都　开封的艺术蝶变

致新宋词创始人齐遂林

王云河

遂林先生在诗词之中浸润数十年，其作品日臻丰富、成熟，有些篇章已是不输甚至超越古人，可谓大成。遂林先生以近乎一己之力首创“新宋词”更是开宗立派的事业，此情可嘉，此志当佩。青蓝为继。

（王云河，新华社高级编辑）

新词赋就耀汴京
——评齐遂林新宋词

屈金星

1. 中国文化自信的诗意坚守。
2. 中国古典诗歌的现代涅槃。
3. 中国词都开封的艺术蝶变。

（屈金星，屈原后裔，中国诗歌春晚总策划，诗人、辞赋家）

继承与创新之艺术

高树田

新宋词作为在大宋文化土壤中长出的艺术之树，遂林兄在继承中创新，在创新中继承，做出了尝试和示范，可喜可贺，可敬可师。

（高树田，开封市文联原党组书记，作家）

词都又绽新苞

王顺兴

词以宋名，宋以汴都，故开封被誉为词都。纵观文学史，诗经、楚辞、汉乐府、唐诗、宋词、元曲乃至自由诗，诗体代有嬗变，不断发展创新，始成诗词百花齐放。今词都开封怎样在宋词发展上有新的贡献，为诗界所关注。齐遂林先生，敢为人先，大胆创新，勤于实践，其精神可赞！其成果可贺！

（王顺兴，河南诗词学会常务理事，开封梁苑诗社社长）

新宋词是开封立文化地标的基石

李勤策

新宋词正是“化功”真笈，是开封立文化地标的基石。“新”字可以从三个角度诠释。一是内容新，历代人都在做；二是曲调新，“格”和“调”都可理解为词牌；三是媒介新，无须纸贵，瞬间全球共睹。

（李勤策，河南大学文学院副教授，文化产业策划家）

什么是新宋词

齐遂林

新宋词融宋词、新词和新诗之神韵，张扬古风无拘无束收放自由之特点，合理吸收其他文学体裁之创作技巧，用现代声韵、现代词汇和现代意象反映现代生活，主张以气韵形成自然平仄，是一种集宋词韵味和自由放纵于一体的新型词体。

在当今诗词界，无论是官方刊物，还是坊间论坛和微信群，很少有人深入探讨诗词的境界、意境、气韵，开口闭口都是程式化的平仄和古老的平水韵。平水韵和平仄既成了诗词入门的敲门砖，又成了衡量诗词艺术的最高标准。多少年来，专家和学者乐此不疲，让诗词这种来自民间的艺术充满了学究气、贵族气，甚至堕落为平仄韵文。所谓“倚声填词”，倚古声还是今声？当代社会，答案不言自明。泥古循古，唯古是举，不客气地说，这是在毁灭诗词，误导诗人、词人和读者，把中国诗词引入歧途。

新宋词之所以主张以气韵形成自然平仄，就是在研究经典唐诗、宋词从鼎盛到式微的原因后，懂得了诗词唯有气韵不可被压抑的创作规律。在道家看来，万物与我为一，而气韵是一切生命之主宰。在阴阳之气统领下，艺术将天地间诸元素融为一体，蕴之于胸，发乎于笔，谓之天机。天机非不可泄露，而实难泄露。这也是所有艺术的最高追求，诗词亦然。新宋词打破程式化的平仄，以气韵形成自然平仄，最终目的是让诗走出诗人圈子，让词走出词人圈子，让文人作品从文人圈子里解放出来，走进民间，走向自然。

新宋词的问世及影响

新宋词由我首创，由孔令更先生提出。2000年，我在《东京文学》上发表了一组词，孔令更先生首次冠名以“新宋词”，并且受到了读者的好评，这引发了我创作和研究新宋词的兴趣。2010年7月，我曾在《汴梁晚报》上撰写文章:《呼唤新宋词》。“新宋词”名称的提出，让我多年来创作了大量的新宋词，同时开始探索其理论依据，发表在中华诗词论坛、香港诗词论坛、澳洲长风论坛、舞钢论坛，以及华林红枫论坛，引起了国内外同好的关注，很多诗词爱好者也加入到创作新宋词的行列中。《汴梁晚报》《信陵诗刊》等专辟版面集中登载新宋词。

新宋词的兴起还得到了业内行家的赞许。新华社高级编辑王云河说：“遂林先生在诗词之中浸润数十年，其作品日臻丰富、成熟，有些篇章已是不输甚至超越古人，可谓大成。遂林先生以近乎一己之力首创‘新宋词’更是开宗立派的事业，此情可嘉，此志当佩。”著名宋史研究专家、河南大学博士生导师程民生，中华诗词学会常务理事、新词开创者王国钦先生，称新宋词“很好，妙极”。程民生先生还撰写了新宋词序言。国学专家李勤策这样评价道：“新宋词正是‘化功’真笈，是开封立文化地标的基石。”著名红学家、作家赵国栋先生也说：新宋词“以自然平仄代替程式化平仄，已臻禅境”。洛阳师范学院教授、文学博士李少咏还作诗赞美：“李仙主后耀高丘，苏秦二安也风流。词踪消弭九百载，花裙齐君续冕旒。万里风烟谱新曲，宋词再生傲王侯。”河南省诗歌学会副会长吴元成称：“清清上河再绘家春秋，煌煌宋词又闻风雅颂。”

2016年11月8日，来自国内外的诗人、词人和朗诵家汇聚开封，中华诗词创新研究会为新宋词举办了一台名人名家朗诵会。

宋词滥觞于唐，鼎盛于宋。新宋词之“新”，是使词之面目力求焕然一新，跟上时代的步伐；之所以仍称“宋词”，指以宋词为师，其神韵充满宋词味，不忘祖宗。

新宋词与宋词的区别

新宋词以气韵形成自然平仄，合理吸收古诗词中的写作技巧，以普通话为声韵，代替平水韵。

古之词人已深得“气”之妙处。词研究家陈匪石曰：“白石、梦窗（按：姜夔、吴文英）皆善练气，但白石之气清刚拔俗，在字句外，人得而见之；梦窗之气，潜气内转，伏于字句中，人不得而见之。”（《旧时月色斋词谭》）。笔者认为，柳永若不重气，无以成就慢词；苏轼、辛弃疾若不重气，则词无豪放一派。律之所出，是气不可压抑的缘故。今人词多俗，要害在不重练气，仅在古韵平仄上下功夫。比如气在喉腔，扯嗓大吼，浮而躁之，终不得词之妙处。从宋词中体会“气”、彰显“气”在词中的统领作用，是新宋词的重要特征之一。

词之格律从近体诗而来，宋词沿袭了唐代格律诗的平仄和用韵规则，在词的音乐美、形式美方面起到了至关重要的作用。古代的诗词史本来就是一部音乐文学史。宋词也不例外，为了便于吟唱，它要求倚声填词，其平仄要求自然相当严格。

但从五四新文学运动开始，新诗引进中国，打破了古典诗歌的章法句式、平仄韵律，颠覆了音乐文学一统天下的地位，譬如又回到了古风阶段，只是用字用韵更自由罢了。新诗的引进，标志着中国诗歌的音乐文学阶段彻底结束，开始走向了诗歌的文字欣赏阶段。“今之诗主乎文，古之诗主乎歌”（孔广森《诗声分例》），早已成为现实。今之诗词占主导地位的是文采、神韵，而后才是声律。声律只是彰显文采和神韵的手段而已，绝不是我们创作的目的。陈匪石先生指出：“行气遣词自有挥洒自如之地，非拘于句读。”（《宋词举》）何况沿袭千年的程式化平仄乎？

为了不与现代生活脱节，顺应人们欣赏习惯改变的需要，新宋词的产生是历史的必然。它以气带韵，主张以气韵吐纳为自然平仄，具有更大的用词选择空间，使语言的张力和灵性表达得以极致性的发挥。

从表现形式上，新宋词摒弃以平水韵为代表的古韵，用新韵创作，既可创造词牌，又可仅有标题。它继承宋词的仄韵格、平韵格和平仄交替格，以求文字的自然圆润和谐，但冲破宋词格律上的束缚，一切以表现不同题材的需要为唯一标准。

创作新宋词必须经过宋词浸润

目前词界度词、新词迭起，刮来了一股清新之风。这是创作繁荣之气象，也是时代发展之大势所趋。度词、新词除了新旧韵选择不同，大多以新意象、新手法表现新时代的新生活。

然而，由于受宋词浸润较少，当今一些作品平铺直叙，缺乏美感。柳永的慢词擅长铺叙，用的是意境，情感气韵贯穿在意境中。而今人之铺叙，把情感强加在意境之上，搞得意境支离破碎，背离了宋词美之法则，几乎弄成了新体韵文。南宋严沧浪曰："行有未至，可加功力；路头一差，愈骛愈远；由入门之不正也。"

新宋词以宋词为基本，解脱程式平仄之束缚，化宋词味为新宋词味。主张作品空灵含蓄，意境的营造"形断而神不断"，比如一棵大树，讲究树干的阴阳，树叶和树根的内在关联，而不是堆砌辞藻、议论满篇，拉长文字为了凑韵，让读者失去了联想空间，使宋词的风韵荡然无存。

要做到这些，作者必须经过大量的宋词填写实践，方能够对词的气韵节奏烂熟于心。

新宋词的声韵和格律

相比于新诗，多年以来，古典诗词的创作缺乏创新精神。提到作品，言必古韵，言必平仄。离开它们，诗人、词人们便被拒之诗词创作的门槛之外。明袁宏道云："盖诗文至近代而卑极矣。文欲准于秦、汉，诗则必欲准于盛唐，剿袭模拟，影响步趋，见人有一语不相肖者，则共指以为野狐外道。曾不知文准秦、汉矣，秦、汉人何尝字字学《六经》欤？诗准盛唐矣，盛唐人何尝字字学汉、魏欤？秦、汉而学《六经》，岂复有秦、汉之文，盛唐而学汉、魏，岂复有盛唐之诗？唯夫代有升降，而法不相沿，各极其变，各穷其趣，所

以可贵，原不可以优劣论也。”（《叙小修诗》）

笔者曾见一名天资聪颖的顽童痴迷于古诗，以灵性的文字、超人的想象写了几首。其祖父看了，开口便骂狗屁不通，什么失粘失对几连平的，吓得那个孩子逃之夭夭。天性被压抑，只好悻悻然玩电子游戏去了。

殊不知诗词在古代，不过歌词而已。曲为夫，词为妇，夫唱妇随，用字围着平仄转。而到了当代，诗词成了诗人、词人心灵的咏叹，更加讲究的是词意、词味、意境和境界的挖掘与开拓。在词创作中，声韵部分渐渐弱化，文字的张力得以充分显现。没见过哪位当代词人见一首词开口便唱，以试是否合乎宫商角徵羽之圭臬。

在新诗探索中，老诗人李清联提出了“无障碍诗写”，主张“无技术技巧，求一个真字，真实、朴实、大众化、民族化”。虽然他针对的是新诗写作，但对古典诗词，仍然有启发作用。

从当代的古典诗词创作上看，古韵和传统平仄，显然已越来越走进小众，影响诗词的欣赏与普及。

而新宋词完全按普通话的韵部（阴平、阳平、上声、去声）用韵，很容易走进少年儿童，走进广大民众，走进社会和家庭。新宋词的格律，是在宋词的平韵格、仄韵格、平仄交替格的基础上，主张“贵在新奇无定则”，求优美，求和谐，以不断创新的姿态步入时代。

新宋词绝不是随意胡写

较之宋词，新宋词入门简单，弄准普通话四声、运用自然平仄即可。但要创作出佳品、神品，绝非易事。它必须经过宋词的浸润，否则就会味同嚼蜡。新宋词脱离了程式化的平仄镣铐，跳起舞来就应该更潇洒、优美和自然。它以气韵推动自然平仄，将词从呆板的程式平仄中解放出来，这就要求作者把主要精力放在境界、意境、气韵和自然节奏之中，要求具有很高的美学眼光。除此之外，对人生和大自然的感悟也是新宋词必不可少的研究课题。入乎其里，出乎其外，是文学创作之道，也是新宋词创作和研究之道。

新宋词写作第一步，以新韵填写宋词词牌【疏影菊香】为例

蛩鸣列阵，声彼伏此起，竞此番兴奋。水漫月光，舟载群钗，丝竹情绪难禁。修竹影坠宋词里，桂花开、也成陪衬。闭眼时、又见易安，扯我红袖频问。

妆成姚黄魏紫，窈窕赴秋约，不占春韵。独抱寒霜，喜沐初雪，才得酥胸云鬓。高洁不遮傲骨挺，枝头舞、天涯方寸。吐幽幽、万里香浓，一酹千樽得劲！

以普通话四声为韵，押仄声，句间平仄随意。仅按南宋姜夔《疏影·苔枝缀玉》双片一百一十字仄声韵填写。

新宋词写作第二步，以新韵自度【咏汴词】为例

任霜堆宫瓦，大河漫街，寒蝉百里，自难掩，汴梁傲骨，独占清秋。师旷琴声引玄鹤，豪气干云风飕飕。酒徒郦生，披发仗剑，疏狂敢叱王侯。阮步兵，啸台歌哭，诗韵遍地淹留。张择端，一抹清明风雨，笔下欣欣神州。

又今朝，满城如烟碧流，波弄画舫兰舟。空竹抖白发，秋千荡顽猴。野鸭鸥鹭次第飞，和谐筑高楼。平仄不拒今古，宋韵再续风流。菊花瘦了冰雪肥，红梅纷纷，涌上枝头。

平声韵，以普通话创作，以气韵吐纳为自然平仄。

2016.7~2017.9

第一辑 家乡流韵

【古韵香】

厚厚古韵香。凤辇金轮，走过八朝帝王。老丘竹老，二百载、曾敲钟磬声悠扬。玄鹤舞处，师旷琴声弄晴明，惹三贤、泼墨凭吊凄凉。岁岁西风瑟瑟，后主哭罢，易安遣愁吟花黄。

如梦汴梁，大河歌哭皆沧桑。舟载萧萧汴水，杯碰苏辛，淡淡一轮斜阳。浪淘尽否？包公空叹，贪官依旧掳牛羊。对长天、难理千古悲欢，抬望眼、独见宝塔辉煌。

注：老丘，古地名，为夏朝中后期都城。在今河南省开封市祥符区东约45里黄河大堤南岸的国都里村附近。相传夏代第七世帝杼迁都于老丘（今开封东北），直至第十三世胤甲才迁至西河，共历六世，为当时夏代政治、经济中心。

【咏汴词】

任霜堆宫瓦，大河漫街，寒蝉百里，自难掩，汴梁傲骨，独占清秋。师旷琴声引玄鹤，豪气干云风飕飕。酒徒郦生，披发仗剑，疏狂敢叱王侯。阮步兵，啸台歌哭，诗韵遍地淹留。张择端，一抹清明风雨，笔下欣欣神州。

又今朝，满城如烟碧流，波弄画舫兰舟。空竹抖白发，秋千荡顽猴。野鸭鸥鹭次第飞，和谐筑高楼。平仄不拒古今，宋韵再续风流。菊花瘦了冰雪肥，红梅纷纷，涌上枝头。

【千年风雨】相国霜钟

惊魂破梦梵音，入云百里。挟裹千年风雨，飞落白霜如玉。铸钟人不见，群菊凝泪，铺就古城花季。

凤辇绝尘去，龙袍裁布衣。钟声殷勤何作歌？宝刹巍巍，不辞汴京，把心敲碎，香漫通衢。

注：相国霜钟为汴京八景之一。

【大梁门】

少时最怕出西门[①]。沙尘十里迷人眼，朽骨筑荒坟。北望处，灌木乱，老鸦啼，鬼火深。黄汴河浪涌，独木桥上，惴惴有行人。旧韵常吟忆后主，庄里农户，多为南唐臣。

卅年去，再重游，楼如云。柳垂碧色风飒飒，花扶斜阳水粼粼。城头上，频频彩旗换，一夜一精神。最是秋来菊写意，大街小巷着彩裙。匾额题高古，老叟小丫弄瘦金[②]。

---

① 大梁门民间称西门。

② 瘦金，即瘦金体。为宋徽宗独创。

【汴梁吟】

十里宫瓦凝碧，落木萧萧下。彤云散作王气，罩汴梁、满城宋韵诗画。御街不见师师，矾楼酒幌待嫁。

龙灯摘了又挂。浮沉事、且问午门石马。勾栏曲千叠，都付平仄慢踏。井坊起了新宅，一叹苍苍白发！

【汴梁菊慢】

每到秋来，痴痴总凝眸。独守枝头。擎一轮宋月，不与汉唐论风流。霜中金色，铺寻常阡陌，千古百姓瓦楼。读阴晴，醉汴州。

臧否无关傲骨，不贪飞鸿啁啾。喷金吐玉，片片竞自由。蝶来蜂去远王侯。偏高不盈尺，也姚黄魏紫，芬芳占尽，何与春谋？

【双龙巷】

双龙巷位于开封市区东北部，因宋太祖赵匡胤和宋太宗赵光义栖息地而得名。

石雕如霜。依稀刻、千载沧桑。至今龙气安在？唯余满地花黄。凭吊泪，西风里、几行行。

昔年太祖太宗，逃难双栖箩筐。菜粥稀、布衣凉，成就一双帝王。东青龙、西火龙，巷名扬。

【金奎巷】

金奎巷在开封西城墙东侧，原名经奎巷（本人出生于该街11号）。因科举考试五经中每经之魁首即为经魁。另外，奎星乃二十八宿中主管文运的星官，故名。据说民间猜枚“五魁首”即来源于此。

谁住此？便惹小巷星云里。攀上城墙东望，棋盘道、铺满千年风雨。

呼朋唤友猜枚去。五魁首，将树上鹧鸪惊起。忽惊，脚下皆骚客墨迹。

【第四巷】

第四巷即开封现生产街，名字自宋代始。曾是开封城内一等妓院集中区。

水巷烟花，袅娜成如梦云霞。宫灯高挂处，姐妹泪洗柳词，伤心断弦琵琶。胭脂河水凝胭脂，缓缓流过谁家？

今又游此，春雨滴答。紫伞并青砖蓝瓦。燕侯司内问管仲，女人是啥？黄莺疾飞默默，穿入旧时篱笆。

注：燕侯司，妓女供奉始祖管仲的小庙。

【慈悲巷】

慈悲巷为开封八巷之一，因城市建设现已不存。清乾隆年间，巷内有一座送子奶奶庙，遂得名慈悲巷。

往事如烟。连同那、香火三千。送子奶奶今何处？梦里梦外流连。遗迹凭吊，高楼万丈无言。岁月翻新，赵家浪打李家船。唯布衣、盼年年平安。

【保定巷】

保定巷是开封八巷中的一个大巷，分为前保定巷和后保定巷。宋有狄青、明有朱元璋、清有保定商人定居此处。

一街贯穿宋明清。巷岔里，犹闻兵戈声。狄青破敌建功业，元璋拟此定国名。保定商家，几处遗迹说兴隆。

千米路，交错行。花次第，槐葱茏。英雄气，至今都付、滚滚汴水中。不信岁月秋老去，古城年年有春风。

【小御巷】

小御巷始于宋，即今天开封的馆驿街。据说北宋名妓李师师出生和居住于此。

一女乍出落，汴京花容皆失色。烟雨巷，车马辚辚庭前过。徽宗殷勤约，丹青醉墨客。丝竹起时云鬓傲，占得春风绕梁卧。

垂泪看国破。玉殒香销越千年，谁之错？碧瓦红墙废墟上，燕雀寻巢，翩翩如昨。把酒凭吊师师，柳瘦月残，诗韵默默！

【珠玑巷】

珠玑巷建于北宋，久已不存，近年重修。靖康元年（1126）金兵攻陷汴京，开封百姓随高宗南迁。先是定居于今南雄市北的沙水村，将该村易名为珠玑巷；后元军攻陷南雄，百姓又迁徙于广州一带，珠玑巷之名遂得以延续。

黄河岸，尘沙里。铁蹄声碎，珠玑寻无迹。雁哀鸣千里南迁，一路著风雨。

沙水村、羊城隅，八百移民起旧居，血脉堪割弃？开封人，从来骨不易。

【贤人巷】

贤人巷为开封八巷之一。明代称线儿巷。清朝巷内建大仙庙，遂改仙人巷。民国时期，冯玉祥将军改称贤人巷至今。

青石铺就一线天，春雨静，肥犬闲。木拐欸乃，银丝缠绵。忽有雏燕绕廊檐。米酒醉，已千年。

何来庙宇，百户香炉生紫烟。家家成仙。终是黄粱一梦，古今福难全。唯行人，满巷说先贤。

【南京巷】

南京巷起于清代，乃京广商人聚居地，而今已是开封“古玩字画一条街”。

小巷无声，几百年风雨中。达贵驾黄鹤，荣华总匆匆。金匾银匾，一任浮名空。

贤者独钓云头，钩钩轻。捋髯看、百姓洒满街花雨，又古玩翰墨丹青。春韵此时浓。

【麦糠巷】

麦糠巷宋代就有，长不足百米，因包拯为民打击不法商人闻名。中山路拓宽后，现已不存。

寻无踪，树下纳凉说包公。肩背褡裢访案去，剑眉倒竖奸商惊。千年一段事，至今留清风。

步曲折，踏艰险，为民众，世间谁是英雄？大雁不语，汴河东去，稻菽滚滚夕阳红。

【凤凰巷】

凤凰巷建于宋末，内有凤凰寺，殿后有大花园。明永乐年间苏禄国国王来中国朝贡，即住在这里。凤凰巷曾改名草三亭，今为三民胡同。后因拆迁，现仅存一侧。

凌空一振羽，便有凤凰来。宝石冠，金鳞腮，引得百花开。八方客，沐风雨，逐梦白玉台。

凤凰今何去，悠悠一叹哉。相册里，存旧事，红砖蓝瓦重安排。只是伤了古韵，空余苍苔。

【慈云巷】

慈云巷位于开封市区北部，清末有慈善堂，民国时改称慈善街。

举手叩慈云，庙何在？堂何深？满巷老翁闲沽酒，几处野花掩朱门。笑语忙，竹篮沉。车马正辚辚。

访良善，忆先民，不觉树上月一轮。世人皆叹佛心静，可知市井隐贤人。回头望铁塔，铎铃有余音。

【打铜巷】

打铜巷明代时即有，后称镟匠胡同。除日用品外，当年巷内打造的白铜镂花盆为富家女陪嫁的必备品。

唢呐起，嫁新娘。爆竹腾空散红妆。白铜镂花撩清水，丽影娇羞玉盆香。打铜巷，一年四季生意忙。

茶壶紫，汤勺黄。烟锅明灭说沧桑。叮叮咚咚民间曲，如梦似幻绕汴梁。恁些趣，至今不知谁家藏！

【今宵醉】中国书法名城开封

满街隶篆真草。千古名城，笔走大河骄傲。铁塔也狂，行云做墨，铎铃翻出新调。芬芳入云、八方游客，几多倾倒。这神韵直追宋词，浓淡都俏。

若古今论道，赵佶瘦金已老。米芾枕石无语，东坡捋髯强笑。满街纸上剑鸣，英雄气掩夕照。看天下神秀，都入我辈怀抱。酹酒邀明月，今宵醉了！

【古城扫街】

西红妹相约，中秋期间开封博友“扫街”（走街串巷采撷旧时残片）。归后有记。

觅古韵，青阶十里，抛得一襟芳思。灰砖灰瓦风烛影，可忆当年白马诗？翠鸟苍犬，老邻新居，镜头下、空唏嘘。

八朝事，何区区？黄袍脱了换布衣。沙场冷，月色凄。中秋不堪情分离。千载文章，谁忍卒读，泪浥城墙西。

【东风里】

辛卯春，应慧心花园、怀梦草之邀，赴汴京公园与文人雅士一聚。度词记之。

潇洒东风里，几树蜡梅闲。百阕宋词脉脉，一路入云烟。韵高古，说何年？嬉闹最是民俗处，童颜鹤发狂颠。

都市不堪挤，瘦了淙淙泉。却借汉唐宫灯，歌舞抚管弦。开心时，应无眠。玉盏今夜碰霓虹，小桥醉闻杜鹃。

【寻梦七盛角】

掀开一帘秋雨。袅娜身，挽师师丽影，入柳郎词句。高髻耸云，隐隐燕莺声细。御河畔几处弄箫，杂花铺千年彩絮。

斗拱翘檐，亭拥台挤。菊香凭风漫处，正蜿蜒、宋韵十里。酒幌招摇，梆敲鼓擂，醉翁歌女。揽一路美景，今夜无眠意。

【踏梦七盛角】

夜来十里飞花。霓虹灯乱，青石铺香，蔓延天涯。簪菊人，古琴弦惊瓦肆，遥对低诉琵琶。隔帘是、一湖秋水，画船摇月华。

恍若又回北宋，红墙小桥碧瓦。踏梦行，环佩垂闲，影入清照李家。不闻刁斗声声急，低眉却见，蓝田玉里云霞。

【拾梦七盛角】

亭榭宴宾，楼阁集贤；粉墙怀旧，故巷新翻。小丫濯足处，怅怅不见秋千。老翁却喜，月下青苔眠。梦里蔡太师府，笏板计谋正闲。

八千里云月，三百载烽烟。纵七角蹴鞠，靖康耻，也一洗西园。胭脂泪都做御河水，整日价尽诉从前。今幸帝王宫柳，婆娑百姓眉尖！

【七闲聚】

令更孔府有牧云楼，七诗友常聚于此，人戏称“七闲”。虽无竹林兰草清幽，也有杂花白云相伴，乃闹市中一清闲处。

人未醉，先醉诗篇。字字酩酊，句句狂颠。千杯不知日暮，涂壁痴痴何年？青衫裹霞飞处，杂花谢了四季，白云牧了神仙。

谁道是，南山悠然，才见陶谦？武陵人应妒、楼台挤瘦了天空，难遮诗翁心闲。情为岛，处处可做桃园。

【清明词】

雨纷纷，最宜春。八朝楼头，泥沙下、犹有莺啼痕。此是折柳时节，一阕易安词，泪盈酒三樽。情也软，扫古坟。

移步尽是先人。风流过，成烟云。叹王侯，血污几柴门！费沉吟。满野花香透薄雾，伞逶迤，悠悠近黄昏。

【醉凝驻】开封饮食文化博物馆

软裙拂雾，十里灯笼树。携友谒伊尹，登楼繁花处。焚香三柱，依稀见、空桑炊烟飘千古。

大梁城上，有金风铺路。草木葳蕤，一厦凌空承露。锅碗瓢盆吟沧桑，民俗民情醉凝驻！

【正催春】访农耕史馆

犁耧列阵，翻捡旧岁风云。汉唐陶罐，犹有宋月，独占青瓷三百纹。姑织锦，翁耕耘，翠鸟疑入自家村。炊烟袅袅起，犬吠巷深深。

木马瘦，车独轮。碾子飞花少香尘。顽童光腚，半碗黄米一口吞。臂章威武田塍废，往事疯狂不堪闻。移目悄别去，残阳正催春。

【三贤祠】

狂涂粉壁。蛾眉千金弃。红袖一遮僧袍，痴痴汴河句。杜甫高适醉眼笑，太白赋诗得佳丽。

檐外古松常忆。亭阁轶闻，走进民间，千载青史记。问后人，谁传风流消息。

（三贤祠位于开封禹王台古吹台内，建于明正德十二年（公元1517年），是明代河南巡抚毛伯有感于唐代大诗人李白、杜甫、高适曾同登吹台饮酒赋诗而建造的）

【逗金鳞】龙亭西湖调

龙亭西湖又称杨家湖，与潘家湖相对。

鸟鸣柳巷知春深，百花正精神。碧水扬波腾紫雾，画舫帘动逗金鳞。

昨夜雨，湿罗裙。伞下又访杨家人。未知龙亭守何事，新妆又清晨。

【景中景】龙亭湖正月观灯

幽幽湖中荡舟，蓝影乱、波剪神趣。从曲廊火树银花，勾出北宋记忆。镁光灯明灭，今人喜好，都在诗画里。石阶堆红，红栏吐碧。当年大观园堪比。

龙雕沉寂。景中景，融入欢歌笑语。春日笙暖，岸引多少舞女。一径直通杨府，桥牵明月，竟洒霓虹满壁。不知何夕，人蜂拥、恍若旧梦拾起！

【碧连天】夏日大宋御河

蒲苇碧连天。又依偎、荷苞婀娜，叶舞云烟。此情热，翠鸟翻飞留恋。

玄裙紫衫，画舫管弦。过重桥，直追蓬莱诸仙。昨夜风雨，一洗沉郁千番！

【登龙亭】

怀古非关龙亭事，凭栏撷趣。皇家柳残青瓦，暮云御街里。师师凌风终做、浪子燕青仙侣。最伤心，徽宗梅瓶，堪插初春回忆？

踏高阶，频拾裙裾。绕康南海斑驳字迹。古今夕阳起落，花开次第。炊烟依旧飘香，凭他几代官邸。画舫正弄波，弦乐隐隐，不见旧时歌妓。

【汴梁听菊】

月光叮当。一丛丛沿岸走来，宋风悠扬。菊影参差波中，是仙子歌，是蟠龙舞，是丝竹狂。

易安韵，柳永句，东坡章。一瘦千年，枝上寒蝉，犹抱暗香。都化作、浮沉宫商。

【破碧霄】汴梁闹元宵

龙阶彩灯破碧霄。月轮挂柳梢。谜语千叠，熠熠说前朝。御街鼎沸，狮猛秋波软，人矮踩跷高。

歌里是上元，影中是虹桥。炊烟香，酒旗摇。楼上诗人划拳处，韵脚醺醺，隐隐听紫箫。

【好心情】铁塔湖风光

波摇半城碧。曈曈春影，一路馨香，逶迤东北隅。新柳夹岸，繁花绮丽。通衢蜂拥处，奔驰奥迪无计。湖心亭，说前朝眉飞色舞，围坐层层翁妪。

巍巍宋塔，正牵三期水系。飞天麒麟，铎铃下、神采千年栩栩。行云不改殷勤，忙坏摄影男女。好心情，被唢呐笙歌占尽，谁知暮色里！

【正春色】大宋御河小写意

波翔云烟。十里翠鸟争阅，柳枝新翻。修竹腰肢又展，繁花误引鱼衔。蒲苇长，蜂蝶翩。琼楼丝竹影重重，宋韵歌舞拨天弦。

乡音恁多种，都汇碧水一弯。欣欣摆龙船。包公祠春风正劲，掠十一桥，落入百戏闹清园。酒旗斜，老汉舒眉，顽童颠颠。

【忽怆然】潘杨湖怀古

日光曈，踏歌行。一抹岸柳，两湖波明。龙亭巍巍，画船匆匆。悦耳枝头鸟鸣。忽怆然，浪叠十丈，下葬几代皇宫！

五代后梁箭镞疾，建昌金瓦，不及后周大宁雄。倜傥北宋帝，九人走马，难敌大漠起朔风。朱橚王气今何在？空余叹息声。

【沧桑也】东京怀古

百年又六八，惊世繁华。布衣逾百万，莺燕软语，几度帝王世家。孟昶蜀主、吴越钱俶，历历七君哭桑麻。亡国痛，更有李煜，对月长叹流水落花。

沧桑也，齐聚夷门三槐；大宋魂，凝驻包公府衙。七十二座王府，夜读星辰，晨对犁耙。乌台诗案，又奈何东坡横溢才华？咏史弹剑，信步晚霞！

【禅茶走诗】百年茶庄王大昌

禅茶走诗行，百年芳。钟鼓流韵，王大昌风光。古城扎根民国初，“菊露”“松风”，赫赫美名扬。

筛拣簸烘，梗末匿迹，凭借人品铿锵。坐观云舒云卷，宠辱不思量。陆羽传真道，汴水煎斜阳。

注：“菊露”“松风”，皆当时名茶。

【凄凉生】游梁祠

亚圣空负大梁行。仁政大旗，难敌兵戈溅血鸣。三百六十日，惠王不屑，冷眼唯烹香茗。华盖伤心，春风渐老，汴水无力破残冰。

废墟里，君言仍；碑斑驳，凄凉生。苔藓可记，介甫一呼忆功名。那时已过千载后，孟庙始知邹国公。可叹青史也势力，民贵君轻？

（游梁祠是为纪念孟子到魏国国都大梁（今开封）游学而建立的，始建于北宋，在开封潘家湖东岸一带）

【开封西湖春】与农友踏青

相约捉春去，采得一日闲。铺华发十里，追郊外、撒欢炊烟。鸟儿三五耳边啼，似问众友：都是哪家少年？

西湖敛波，正清澈见底，鱼虾几处欲眠。耸天楼影，掬久违瓦蓝。白沙滩头，弯弯卌载儿时梦，醒在花间！

【汴水病】

乍飘罗裙，又捂貂裘，南燕北归惊乱。汴水病久，浪卷乌青，十里桃花暗。银丝画板调春景，草未绿，尘满面。

与谁说怨？雾霾当头，难把蓝天召唤。当年出嫁时，洞房外星斗，千点万点。流萤舞花丛，忙坏团扇。

【搅动清秋】重阳赏菊

搅动清秋，好一似、钱塘江潮滚滚流。又是簪花时节，七角八巷，纷披彩绸。姚黄魏紫，百阶攀爬；红堆翠拥，挤上城头。暗香十里入碧水，画舫筝起古韵悠。

莫说春天时候。汴梁人，最爱重阳出游。借得菊花风骨，虬枝傲霜自风流。此时登龙亭，豪气胜王侯。敢笑雁去总怯怯，瑟瑟衡阳觅沙洲。

【梦千年】

拜别冷月去，裙带曳紫波。一路柳韵扶风，胭脂泪，满城青楼婆娑。揽师师，灯火矾楼，筝引醉歌。念念易安姐，栏杆倚遍，随黄菊，瘦了山河。

梦千年，不愿醒，又为何？放翁情，鹏举枪，稼轩剑，大江滚滚逐逝波。后主荒冢，金明池北，不是旧家国。今宵煮雪，鬓插红梅，笔下再走长车。

【乱香十里】采风禹王台

粉铺路。醉眼观花，熹光起粉雾。乱香十里蜿蜒，春虫翅鸣，浅吟草上辞赋。欲问倾国相女，千金买壁何处？

一地风流，樱花牡丹无数。如织赏客，又惊庙会盘鼓。彩旗猎猎，傍四围森森古木。情入高天，目嗔学舌鹦鹉。

【瑶池水】开封西湖击节诵

白沙银滩，常令翠鸟流连。花香次第，悦目最是处处木楠。碧叶染紫，放十里、如镜湖水弯弯。小舟拖长链，薄云系蓝天。正三月，少女裙翻彩浪，老翁捋髯休闲。

忽围者屏息，听珠落玉盘。击节人、韵中狂醉，不知今日何年。又有舞起，春色旋转足尖。仙袂半掩朱唇，秋波轻笼暖烟。筝箫都入瑶池水，荡蓬莱垂柳，月落无眠。

【烟波多情】忆东湖诗会

偕令更，约允久，并烟波多情。红男绿女，佼佼诗韵，笑遍天下英雄。不知夕阳老去，随意挥洒东风。

何时云散？梦断楼空。白发年年柳絮飞，默默御街宫灯。酒祭清明。斜雨狂啸后，泪几把，又闻莺声！

（20世纪80年代末，孔令更先生组建东湖诗会，每逢周末，百余名少男少女聚于潘家湖南岸图书馆楼上，吟诗作赋。今日，组建人之一李允久先生已驾鹤仙逝，东湖诗会也早已成为历史）

【春长聚】天波杨府

苍茫烟雨。正三月，柳梢青青虫鸣里。杨府扬天波，朱漆重檐翘角，游客八方次第。丝弦锣鼓悲壮，旌旗猎猎绕杜宇。

宋月至今犹记。陈家谷、老令公血溅残碑；佘太君、又白发冲簪鞭千骑。一门忠烈千古，杨家湖畔大风歌，英魂缕缕春长聚。

（天波杨府是北宋抗辽英雄杨业的府邸，原位于北宋首都东京城内西北隅天波门的金水河旁，故名“天波杨府”）

【金鳞影乱】梦幻杨湖畔

醉扶栏，忽惊悚、壁擎飞雁。暗香汹涌，花傍碧流，金鳞影乱。十里古木绕曲廊，一地浓荫遮芳甸。莫非是、瀛洲已迁徙，杨家湖畔。

踏歌来，入梦幻；凭兴起，舞浪漫。又宋月照满十二庭，琥珀光转。帘外隐隐琵琶奏，依稀潺潺水声溅。道今夕、不枉多淹留，随我心愿！

【曲水流觞】锦绣铂尔曼

窗含湖曦，杯倾茗霞，凭梳洗、满园芬芳。昨夜梦儿，乘兴攀上古城墙。橄榄树上翠鸟，横斜穿曲水流觞。极目处，繁花任性铺锦绣，逶迤浸紫黄。

柽柳可曾记否，沼泽鸣蛙鼓，彤云黄沙扬。龙亭垂孤影，一派凄凉。忽来东风携绿，送来这、宋宫天堂。且纵情，随游客醉品御膳，林下再寻柳郎。

【心宽】秋游黄河度假村

踏秋花丛里，鬓如雪，唇似丹。牧霜采闲情，柳垂残枝影，涛弄老帆船。心宽。高楼忽兀立，衔琴韵、又错杂管弦。歌声漾漾穿过，窗外垄垄农家田。

笑颜都让眉弯。愁尽去，任酿诗甜。散了一生辛苦，未泯童心，再添些许狂癫。夜阑，推冰轮舞，环佩鸣、盈盈云海间。建村人在何处？梦里倚栏正酣！

【风流驻】汴梁菊品

携金风一路，洒暗香无数。姿本淬月华，傲霜铁骨，偏把柔情吐。枝枝都是惊人句，朵朵尽让风流驻。

君自东篱来，不戴南山雾；瘦了易安词，肥了重阳赋。何时落户汴梁？留千古佳话，再续佳话千古！

【落红厚】

落红厚，一踏一惊心。瓣瓣似故人。问我翻检八朝事，老来留得几抹春？斜雨垂烟幕，汴水滨，疏枝无语滴泥尘。

古今步步皆计谋，弹冠笑里斗角，击掌贺时勾心。无眠夜长买呻吟，枯叶携秋堆鬼门。且辞名利客，丛中醉卧弄竖琴。

【铁环曲】

忆童年推铁环乐趣，有记。

似月圆，比月圆。月缺伤心夜，星光做琴弦。铁钩推，歌声起，蹦跳追流年。

苦连环，穷连环。鞋破露脚趾，童趣不卖钱。木桶烂，拆了箍，小弟屁后颠。

【下高楼】绿丰生态农场老友聚

不是晚秋。弄花红紫，黄河滩头。画中游。十里西风散沉郁，一池碧波荡轻舟。手机里人比花艳，歌声中马踏沙洲。

蓝天上，舞白鸥。翅剪闲适，云也啁啾。凭栏舒腰叙往事，老眼不觉浊泪流。六旬过了幸身健，都劝多下高楼！

【月光追】三教堂怀古

抚残碑，夕阳垂暮月光追。槐叶影摇斑驳字，三公大名半成灰。低眉忆辉煌，唯遗东坡匾额陪。也曾张仪故里，春燕几度绕梁飞。

泪浊，悲催。煌煌古都旧梦，瓦砾一抔属谁？隔河望，别墅围城，难敌污水裹落叶，数点凄凉梅。功名稀松，灵前枝秃寒鸦肥。

（三教堂为开封三槐王氏祖庭，原名三槐堂，坐落在开封曹门护城河以东）

【帝都花闹】艮岳遗迹凭吊

艮岳起，百丈云烟里。十万珍奇民夫血，汇入三江雨。
风妖娆，岩绮丽。洞天透逦人间狱。帝都花闹举国泣。

注：据高科恒先生考证，艮岳遗迹位于北西后街河大附中家属院一带。

【弦上移花】艮岳遗迹凭吊之二

画里运石，弦上移花。可叹宋月一夜过，隋堤柳、如今不知帝王家。

方腊犹恨，童贯空喜，都随行云绕桑麻。荡舟处、老酒一壶酹烟霞。

【寒凝春】岳飞庙冷吟

岁月难敌私欲深。江山事、凄凉片片云。千载非关东风恶，忠臣从来易冷心。老鸦啼，惊回首，泪满襟。

勒马长嘶处，梅红雪纷纷。寒凝春。精忠报国，字字霹雳，难唤大将军。金枪不如唇枪真。莫须有，血淋淋。

【繁花碧水】陪友人夜游大宋御河

龙舟里观灯，古风中软卧，一壶还酹，十里繁花碧水。今夜月光，君道已梦千岁。又霓虹横空，此时惹得谁醉?

桥下故土风情，裙边香残荷老，柔波剪、金鳞百尾。忽忆扬州行云百代，这离愁、尽在瘦西湖畔，点点是、客家人泪!

【不觉老】又回杏林

裙装十里轻盈，一路东风。四十载过了，又回杏林，还是知青。把盏忆得当年事，七姐八妹，争着酩酊。不觉老矣，搔首依旧、十指樱桃红。

倥偬。草屋荒坟，已不见踪。幸有蝶舞翻翠，雨蛙初鸣。孙李唐庄谒后主，那时节、欲哭总莫名。少年空为前途累，负了红杏，枝枝坠柔情。

【相约去】醉后闯农家又饮

相约去，出重门。秋草深浅踏胜春，诗漫郊野快活林。酹酒千樽。名利都是擦肩客，一醉古今。

贵妃步，太白魂。扶摇又追天外云。村姑取醪酒，竹篾夹星辰。最是小丫牵长须，黄犬曳紫裙。此情真。

【摘枫叶】

摘枫叶，题情诗。枫叶葬荒冢，三百年后待相知。不信秋风随俗老，汴水流千古，明月濯紫衣。

玉簪敲空竹，白霜洗凝脂。款款庭中，醉抚绿绮。相挽只有梦一束，红尘滚滚，徒留乌鹊啼。

【眉上残雪】迎春花

诗友孔令更先生牧云楼上，盆栽迎春花一株，雪中开放，冷俏，凄美。

嫁与都市楼为家。几点芳华？眉上残雪，寂寞向天涯。愁深锁，依旧对、东风吐葩。

纡紫披金桃杏，出九后、醉卧弄霞。欲问君早开，疾疾为啥？相对终是无语，涔涔满目泪花。

【大宋御河春】

翠鸟临。满目绿影，一湾烟云。十一桥宋风宋韵，桨声摇南歌北音。茗香隔岸入包府，塔松倚西墙，青衫红裙。画舫如梭，织西湖苏堤，却又胜江南园林。

沿河去，暮深深。朱屋蓝瓦廊檐翘，霓虹星点，祥符调起戏金鳞。隐隐处，后主词伤、泪惹湿巾。垂柳暗了弯月，只送丝丝凉荫。

码头小憩，览美景，十里光影乱，掬来汴梁半城春。龙亭牵天波杨府，清园携翰园碑林。参差都是、一部宋史惊诗魂。今夜最宜把盏，亭阁笙醉，醺醺也，醺醺！

【卖唱女】

与诗友令更、文渊、志革、若愚在鼓楼食坊小聚，见到一卖唱女，端庄美丽，才艺出众，羞煞万贯家财者。

淡着脂粉笑春风，婷婷食客中。香囊里，玫瑰几枝红。琵琶忽起惊秋雨，青衫停箸寂无声。

樱唇启，画眉啼，黄鹂鸣。不知人间谁落魄，纵千金，一场空。

【意难忘】

生在汴梁。蜡烛明灭里，谁懂荒唐？儿时贫贱锁，老来诗书狂。心已碎，情早伤，瑟瑟守秋凉。终不哭，唯凭秃笔，涂抹汪洋。

醉后红妆张扬。南疆北国，粉颅高昂。纤指玩乌纱，朝拜向夕阳。任评说，懒思量，翩翩扑蝶忙。知音到，再饮通宵，待朝霞敲窗。

【潘杨湖】

潘杨湖一桥之隔，坊间传说因杨业和潘美所谓忠奸而分清浊。

千古清浊。对视含恨，风雨起，似闻干戈。满门忠烈，殉了谁家国？岸边杨柳送秋去，春来又婀娜。

云渐去，十里画舫载歌。我若杨家子，穿桥弄碧波。笑人间是非争比累，夕阳下，谁清？谁浊？

【品春风】

开封清明文化节将至，诗友相聚，杯中畅怀，醉不忍别。

孔府品春风，沈园醉香茗。千杯饮罢自性情。诗里草青青，笔下走清明。再扶月色十里，隐隐赏梅红。

意未尽，兴正浓。拾裙邀我闺阁，玉宣狂，紫毫疯。字画赠友朋。试问人间何所有，都在一笑中。

【待来年】开封水系三叠

开封水系工程规划，规划水系工程全长约8400米，其中水系一期工程全长约1600米，利用现有的广济河连通铁塔湖和龙亭湖，河道于2002年完成整修；水系二期工程全长约1900米，利用被填占的西支河，连通龙亭湖、包公湖和清明上河园内水系。水系二期工程正在建设；水系三期工程全长约4300米，利用古汴河遗址及被填占的东支河连通包公湖、阳光湖、铁塔湖，水系三期工程正在规划中。

忽遣幻梦临汴京，收取惊叹百里。开封府，轻舟欸乃，栏涂胭脂；包公祠，霞泼金鳞，柔波半倚。

此去北行，通幽处，画栋凤鸣似盈耳，雕梁满目龙起。瘦径引浓淡翠竹，肥花抹千树黄紫。忽见清园彩幡舞，龙亭喷红泻玉。

伞连绵，擎日丽。东风多情撩裙，青衫依偎醉意。待来年，碧水再牵铁塔湖，满城长篙竞写意。

【悠悠少年时】

悠悠。少年时，常挽碧水流。龙亭影穿云暗，捣衣声引轻舟。拧尽“文革”标语味，又围柳枝满头。二夹弦隐隐，漫过十里旧瓦楼。

家去，依旧不知愁。清汤煮红鲤，臭墨描晚秋。榆木削丫做门闩，薰薰灯下偷背诗，懵懂为国忧。拂晓邻居笑问，乱发煳了，昨夜喝煤油？

【四季深】陋室

咏春窗台花少，秋来月也清贫。壶中四季深，倾杯诗魂。
书画床头流浪，箱箧塞满旧文。狂风乱敲门，壁上剑吟。

【潘杨湖又吟】

东湖清清，西湖清清，柔波牵手绵绵桥孔中。不闻兵戈声。
是也空空，非也空空，两岸菊舞飒飒醉金风。云舒夕阳红。

【岁月】

少年羸弱，野菜煮春秋。父母艰辛早白头。表姐烂袄裁花兜。西湖南岸捣衣处，下水摸镍币，窃喜小丰收。再擒三两尾草鱼，得意胜王侯。学费常减免，羡同学菜饼，三餐盼稀粥。

忽疯狂神州。洪肆流，山河乱，鸟悲啾。老来梦初醒，恣意情中游。弄白帆，架苍鹰，舞红绸。厌了争斗，登高长啸罢，望月卧沙丘。诗词吟得酒无力，一卷天涯酬。

【观雨】

忽惊天上雨，三日访汴梁。短裙换了长衫，凝眸小轩窗。百里旱魔逃遁，又恐稻田汪洋。推杯一叹息，趿履栏杆旁。

路隐约，云苍茫。风扯伞骨，老翁趔趄卧泥塘。几步伸出红袖，长发少女相扶，此情暖洋洋。潸然两行泪，堪比脂粉香！

【君家兄】悼全太先生并致全武

君家兄，我家兄。农场千日汗万亩，浇了春红，又浇秋红。义凝碧血浓。

君悲情，我悲情。天妒英才何太急，名也长生，魂也长生。不灭灵台灯！

【春光飞花】旗袍女

弦上春光飞花韵。踏东风来，燕子争说俊。黄莺盘桓云头，兰舟欲去不忍。

东篱锦妆，西子云鬓。汴水十里胭脂，影醉舞，脂凝月，棹兴奋。

【老来少年】记农友重逢

孙李唐边重约，老来少年装束。笑里戏谑，依旧凌波微步。东风打理玉颜，伞擎烟霞，不见流光暗度。

当年结盟桥北，画册犹记，那棵扎根树。正葱茏、新区新楼频顾。旧相识、唯有行云，春深又迎秋暮。

【春雪】

漫天撒娇媚，袅袅三月风。梨花裙摆千仞，小禾万里逗晶莹。

老翁乐，顽童惊，大娘忙忙扫门庭。汴梁几家醉，丰年斟满盅。

【花间吟月】

秋来霜弄菊花黄。豪情涨时，人比烈酒狂。风卷云飞乱装束，花间吟月，几湾碧水，一轮斜阳。

自古骚客数汴梁。这帝都、千载浸透墨香。东坡遗风街巷满，垂髫老翁，颦蹙歌哭，皆为华章。

【初冬词】

小寒精神梅花，临湖轻笼烟霞。妆初成时镜也俏，啄香鬓，无赖长嘴松鸦。桌子殷勤，缕缕煮清茶。

娇孙依偎怀中，催讲知青故事；蓦然腮红，笑道去找恁妈。舞鞋匆匆上脚，广场谁吹喇叭。

【汉瓦惊】闻开封鼓楼重建

正东风、百花里，啼黄莺。碧水连包公一脉，又潘杨两湖举龙亭。今人一镐未破，便惹唐砖汉瓦惊。如闻鼙鼓携云起，声震天中。

多少事、总匆匆；是与非，弹指空。唯江山、不改永恒。披肝沥胆建功业，莫负人间三万盅。且揽八朝酹古色，汗水里、春意浓。

第二辑 汴梁星空

【念伊尹】

云卷云飞。空桑村里，千古厨圣贤相何在，叩问一通残碑。褴褛人，随主子陪嫁，演绎佳话成堆。美食连绵江山，五味流芳，何须东风劲吹？

商汤长孙太甲，曾记否？三年悲。纵是国君时昏庸，一鞭放逐，马蹄腾灰。念念伊尹师保，正气凛然谁人追？豪杰大江难淘尽，又梦回！

（伊尹为中国商朝初年著名政治家、思想家，已知最早的道家人物之一，也是中华厨祖。家在开封杞县空桑村）

【霓虹舞醉】访阮籍

十里访竹林，何必同代人？礼节风霜，阴阳雷电，千载沧桑欺柴门。弄诗罢，再弹琴；歌哭一场，浊酒百樽。霓虹舞醉万丈裙。

笑尔步兵驱车，嘲我人面狮身。骨子里谁管束，扶摇半空自由魂。啸台下，碧溪深。云髻散了，鱼跃凌空，水上敲枰溅玉音。

（阮籍，三国时期魏国诗人。字嗣宗，陈留人。竹林七贤之一，建安七子之一阮瑀之子。著有《咏怀八十二首》《大人先生传》等，其著作收录在《阮籍集》中）

【问柳永】

那个时节，骤雨初歇。寒蝉抱枝老去，先生瑟瑟，何不攀附龙阶？浅吟低唱井坊，挣了青楼泪几叠？

见花殇，抚流水，淙淙韵，不忍别。瓦肆勾栏调里，明月搓洗长街。叩问千年，君不语，凤衔杯来声咽！

（柳永，原名三变，字景庄。后改名柳永，字耆卿，因排行第七，又称柳七。北宋著名词人，婉约派代表人物）

【致易安】

大相国寺金石情。御街里，斗诗斗酒，扬眉说能。秋千荡时云纷落，梁园最喜朝霞红。

可恨南渡，谁惹君，把盏听秋鸣。误入藕花，从此孤苦伶仃。人间醉，总是为多情！

（李清照，号易安居士。宋代女词人，婉约词派代表，有“千古第一才女”之称）

【笑东坡】

一尊还酹江月？梦空空，波涛似雪。东风借尽，孔明羽扇对江咽。看透了，星起莫说夜。平仄不如泪洗，韵律是王，性情是妾？

（苏轼，字子瞻，号东坡居士。北宋著名文学家、书法家、画家）

【叹李后主】

星明月暗。娥皇女英，次第春情乱。软香熏，旧梦成泪，风流总被风流怨。掬花人，不惹弯弓，弯弓偏使宫鸾颤。

流水叹。花落异国，随波涌入他人苑。违命侯，伤心千里琴弦断。词几多，都是恨，桃谢杏凋，匆匆掠过东风面！

（李煜，南唐最后一位国君。开宝八年，李煜兵败降宋，被俘至汴京，世称南唐后主、李后主）

【寻史梅溪】

汴河呜咽，卿也啼哭，惹得百年心碎。国破何人圆，任雪霁梁园，女儿无环佩。落魄临安，又因文字遭罪。

觅先生是乡亲，诗词里故土最美。换红绣鞋，踏一路行云，揽月同醉。可知否，宋塔下，至今荷举梅溪泪！

（史梅溪，即史达祖，字邦卿，号梅溪，南宋词人，生于开封）

【邀孙花翁】

拿酒。再饮百杯，我与翁，只和花枝拼秀。长裙醉旋彤云，临安城，西湖瘦否？

同是布衣，不喜甲胄。却苦王朝争斗。香稀了，叶儿愁，鸣禽走。这一亩二分，可容红袖？

（孙惟信，1179~1243，字季蕃，号花翁，开封人）

【对话稼轩】

君念仲谋，我思武侯。血淌江山洗秋月，枫叶原来不白头。何处卧龙岗，何处北固楼？悠悠，江上只有打鱼舟。

折戟沉沙有谁谋？肤色天成，花自风流。攀高莫为凌天下，得了王侯，失了自由。坊间最真唐婉泪，朱门放翁愁！

【咏郑司农】

案头数卷经，乱东风。忽忆汉时郑司农，敢笑苏武不英雄。大义凛然任生死，单于失色匈奴惊。没辱我、汴水清。

大唐太宗诏令，大宋真宗追封。配享孔子，千古谁如枫叶红？名利浮云散，岁月转头空。唯气节，不尘封。

（郑司农即郑众，东汉开封人）

【忆柳郎】

秦楼楚馆，不复见。几处衔春飞燕。吟慢词，花丛中，泪湿东风一片。搔首对谁，云髻空绾。冷冷玉镯金钿。青衫蟒袍，误柔情多少，千古谁比三变？

三变，三变。柳絮飘时心乱。每每梦里携我，晓风起，残月暗，依偎汴水畔。叹世间风流，多被俗眼羁绊。留香丝竹，尚记浅斟低唱，直令栏杆拍遍！

【斟千杯】涂抹石曼卿

树三丈拎坛而上，唯我放浪。斟千杯白云，醺醺百鸟，衔明月方降。这巢饮、令玄鹤垂涎，纵刘伶太白，也举头叹望。

诗高惊八斗才情，性狂乱风雨烟花巷。席卷胴体折梅去，一任冠冕无模样。韵在骨里，随意吐纳，成千古绝唱！

（石曼卿即石延年，字曼卿。北宋官员、诗人、书法家。撰有《石曼卿诗集》）

【唏嘘孟元老】

廿三载，梦徘徊。铁蹄下伤心犹记，不堪明月窗外来。杭州歌舞乱霓虹，直把后生血性，点点封进尘埃。

十卷书，字字哭。那时东京，城不寐，歌通途。勾栏春动霓裳，瓦肆秋起丝竹。披衣遥闻汴水夜，声声入庐。

（孟元老，号幽兰居士，北宋东京开封府人。宋代文学家，撰有《东京梦华录》）

【调寄崔颢】

扬鞭去，白云间。青丝风流绕颈，金榜题名少年。天涯漂泊，海茫茫波连天。

叹一生催出白发，诗一首逼退诗仙。黄鹤楼上终不如，鸟鸣草庐，日暮乡关！

（崔颢，汴州人。唐代著名诗人，所作《黄鹤楼》一诗为千古名篇，《全唐诗》收录其诗42首）

【忆花蕊夫人】

纤指弹东风。宫娥醉舞，四十里、花团凌波簇拥。蟒袍也垂立，凭笏板穿梭，痴痴不办公。摩诃池上，水晶殿不夜，碧珠璀璨压群星。

绯羊首，月一盘，蜀主惊。纵贵妃荔枝鲜千里，不如香满芙蓉城。最是与君共缚，车马哭汴京。烛光斧影身后事，直令太祖换太宗。

（花蕊夫人，后蜀主孟昶的妃子。貌美如花蕊故称为“花蕊夫人”。孟昶降宋后，被掳入宋宫，为宋太祖所宠）

【捋髯笑】苏轼

愁入汴水，杨花落，千里恨恨浮萍。碧宫金瓦，蟒袍玉带，终是区区浮名。坎坷如云，便纵横，漫天才情。

古来明月，何人独占，惊涛浩浩裂长空。捋髯笑，美人香草，把盏熏蒸。记否黄犬苍鹰，随老翁放浪，一路秋声。

【浅吟泪】红粉七郎

惊红粉七郎，留一路花香。浅吟泪，滴千古青楼滋味，醉了三江。凄切处，寒蝉瑟瑟，不为秋伤。

宋月圆缺，朝代炎凉。赵氏官船已没，血色残阳。唯余词家笔下，无数弱女娇娘，依旧梳妆。

（红粉七郎指柳永，排行老七，故名）

【倚遍栏杆】李清照

纵与你倚遍栏杆，只行云，匆匆掠过耳鬓。江山破，何以为家，女儿愁难尽。秋千荡起处，寒蝉瘦了菊韵。

恍若牵手归，低眉仅诗词一部，把泪追问。彩蝶飞入楼中，可来自，昔日汴水滨？

【鸣悲愤】谒曹子建墓

红尘起狼烟。车马隆隆都逝去，龙袍谁家千载传？春复秋，七步沉沉，碑石勒遗篇。鸣悲愤，竹林岁岁有寒蝉。

诗中得江山。酒也潇洒，花也豪放，歌也狂颠。北临大河观涛涌，捋须长啸，才气冲天。曹植泪别，何处觅建安！

（曹植，字子建，三国时期著名文学家，建安文学的代表人物之一。通许县七步村曹植墓是在明成化六年发现的，后来人们捐资为曹植修了祠堂，再后来又增修了观音寺）

【春莺去】王诜

抚琴一曲，捋髯梦醒，却成被谪人。枝头冷，春莺去，弦断将军魂。汴水不谙浮沉事，丹青恨恨扬沙尘。

清明凭吊先贤，府邸何处登临？唯故宫，《蝶恋花》仍，伴青鸟伤心。欲邀先生醉舞，州桥上，把盏唱黄昏。

（王诜，字晋卿，生于太原，后徙开封，北宋词人，琴棋书画皆精。至今有其词作《蝶恋花》之墨宝存故宫博物院）

【英雄泪】仇家父子祭

欲弹英雄泪，草根应为最。睹开封荒郊西南隅，青纱帐里，月光如酒，长绕残碑酹。

影如箭，身似苇。溅恶霸十里血腥，植乡邻四野兰桂。更子嗣、演武枪林，戮寇八百,一任已憔悴。

清明花祭又重阳，菊簇拥，谒陵位。茅屋几重闭芳名，芳名却把青史垒。

（仇家父子：父仇玉书，乃清一代大侠；子仇景祺，抗日英雄。世居开封西南隅仇店村，今属西姜寨）

【鸣春季】宋景昌先生

长歌一曲，舒万千情意。当年知青，已成老翁老妪。今重聚，扭蛮腰，抚醉弦，着金缕。心态不问年纪。

恩师何在？都付南来北往梦呓。当年困惑，已同窗外残雪消融，膝上黄鹂正鸣春季。

（宋景昌，河南大学教授，诗人。20世纪70年代初，曾任教育农场带队教师）

【满卷风骨】赏吟竹主人书画

字也嶙峋，画也嶙峋。笔下泼岁月，纸上长精神。满卷风骨千姿涌，一声长啸出龙吟。

清新。苍鹰磐石上，凛然是山魂。修竹擎雷雨，铮铮如见君。浓妆淡抹汴水秀，数枝墨荷正送春。

（吟竹主人，即开封书画家陈国桢先生）

【卅年去】赠王发增先生

便服难遮儒雅，七旬来去如风。老三届沧桑浸眉宇，八千里驾车探落英。弹指万言智慧，一卷尽见性情。

初逢君，卅年去，台上惊。静似蜡梅傲骨，动如大漠苍鹰。磁音吐纳棍王气，笑扫八方雄。

（王发增先生，知青，河南大学原副校长，地理学家，多才多艺。颇爱朗诵，别具一格）

【多逢君】有赠张家顺先生

诗里多逢君，不见酒中人。满街茶肆点茶客，都说君是茶中魂。曾听品茶论古今。

宋御河，夜登临。水袖舞香榭，古韵出粉唇。一展大宋繁华世，凭君指点总频频。

（张家顺，开封市原副市长。儒雅博学，尤长于诗词和茶文化，宋韵歌舞发起人）

【竹管老】与程民生仁兄书

对话繁星下，烟斗点亮漫天诗。黄裤衩，绿军衣。蓖麻丛中总相依。约得三山五岳去，只管浪漫不管饥。

六旬倏忽过，吃喝凭老妻。双姝放飞大洋畔，十卷论著胜珠玑。但闻仁兄竹管老，不知扶杖又何期？

（程民生，河南大学教授，博士生导师，宋史专家）

【弥勒肚】为著名作家王不天画像

笔笔是，虚拟人间。八旬里，扯十万蓬白帆。驶过了，云水怒，花鸟闲。弥勒肚，装粗粮花果，饱嗝冒农家炊烟。

忽夜踏霓虹，步悄悄，叩门环。访另类男女，蒲扇挥雎鸠关关。忆老票友，围居当年树下，如今断了竹弦。

（王不天，作家，出版有小说多部）

【漫天虹】诗人游子洋中冰

下笔便是漫天虹，且待风歇雨停。少年已成名，却惹秋霜压飘萍。

沧桑入鬓终不悔，曾射月、弄弯弓。赤子中冰，天涯万里，遍邀大洋谒开封。

（洋中冰，诗人，现经商于罗马尼亚）

【谒高楼】庚寅岁末于罗锐先生府上

闻君有大著，遣兴谒高楼。卷未启，觥劝筹。击缶吟唱又狂舞，醉方休。诗家不记细节，情中放桨，一叶沧海流。

（罗锐，作家，出版小说多部）

【春无数】雨苍先生印象

回眸一笑风蝶舞。笔头花开，又赠春无数。睿智谈吐不惊人，古今寻遍见来路。庭院几度梅发，尽惹鸿儒。

也曾诗词弄风尘，牧云楼上酌三五。酩酊里我索酒，浅笑中君扶步。遥指无限风光，都在寂寞处。

（雨苍先生，本名王宝贵，开封市原文联主席，书法家）

【清风过】赠李新叶

清风过，爽心无颜色。若把清风拟比君，千愁一扫无坎坷。
阅遍沧桑，眉头不锁。彤云千仞漫打坐。独将艰辛揽梦侧。

（李新叶，开封女界传奇人物，助人无数）

【沧海深】戏赠肖红

原本爱风尘，偏惹纸上魂。银笔铁划勾挑罢，惊煞世间人。
紫荆花弄过，又牧澳门云。喜怒笑骂狂把盏，荡舟沧海深。
（肖红，教授，香港澳门区旗区徽设计者）

【独占风光】诗翁孔令更

美胡须独占风光。捋嶙峋道骨，吐锦绣辞章。豪饮不输年少，青杖击韵，醉卧竹下西墙。

横唇紫箫，一曲落梅斜阳。登楼牧云朝暮，诡计只施桃红杏黄。懒掷铜板，激情满酒缸。

【独亭亭】校长张建平

一枝独亭亭。碧水中。六旬出浴玉指仍，处处播春风。
君家何在，夕阳外，天涯东。人心深处，众里含泪细打听。
（张建平，开封教育农场农友，求实中学创办人，不啻桃李满天下，而且多年来默默赞助贫瘠农友和不幸者）

【剪裁东风】致兰宝创始人王兰玉

卅年汴河畔。剪裁东风，憧憬人比花艳。乞巧夜夜望蟾宫，灯下挑金针银线。

星移斗转，物变人变。拔地忽起几门面。对夕阳拂去艰辛，问兰玉，谁人心暖？

【大将军】观胡引生导演民俗剧

都是戏中客，坐卧无闲人。小巷叫卖声渐，活脱民国音。顽童欲索又止，冰糖葫芦没娘亲。为家省一文。

百名粉墨登场，动静风卷流云。旗袍缓，三轮疾，二胡凄厉揪人心。场外运筹场内点，俨然大将军。

（胡引生，黄河水利学院教授，曾导演齐遂林名人名家朗诵会和中国开封诗歌春晚等）

【真英雄】张文献先生

把盏眉飞，努嘴罢、便惹群芳醉。幽默处、令多少美人噙泪。豪情起时，袖卷拳出，一声惊落林中蕊。

步花甲、方引得无限回味。真英雄、未必台上擂。酒千樽，最喜诗家风云会！

（张文献先生风流倜傥，乃文武全才。适值先生六十大寿，席间聊以粗词凑兴耳）

【送清芬】董铁山印象

七旬正青春。挥手吐豪气，步履满嶙峋。大风歌浩浩过红尘。功业汴梁出仪表，一缕长垣魂。

乡音仍，乡情真。当年打拼处，故事留后人。古槐春秋送清芬。好孝子，梦里不忘是娘亲。

（董铁山，著名企业家，一生集忠孝于家国）

【倚西窗】赠东门先生

半生纸上忙，古今诗文乱打量。还有半生迷篆刻，灯下岁月满箩筐。

胯下布衣长，东门踏破鞋几双。懒用手机财不敛，唯余锦梦倚西窗。

（东门先生，本名岳善因，儒雅博学，书痴）

【三代草姐】

斜风作弦，调引秋水韵，频惹落花姿娉婷。娇孙女竖耳，憨子轮滑不作声。絮飞纷纷大雁剪，夕阳下，又醉茅庵祖腹老顽童。

人生何论年龄？一笑岁岁枯荣。泥土中怒拔沧桑，这性情穿越时空。小草儿，挂我心头，攀你眉峰。兰气幽幽吐霓虹。

（草姐者，本名赵西红。善良谦和处，令作家王不天一家三代咸称草姐。某日席间中冰赋题，笔者欣欣有做。记之。）

【水墨一瓢】观娄玉舟先生作画

形在纸上染，神在心中描。模糊渐至清晰处，青衫紫裙飘。问窗无风，问笔无语，问花自摇。

点点说壮阔，笔笔出妖娆。勾挑缓急凭一气，气韵透碧霄。卷轴千沓，形色万变，水墨一瓢。

（娄玉舟，原供职于中央电视台，画家）

【声声碧】张丽印象

一杯咖啡，几分倦意。哈欠里也是俏丽。昨夜诗丛浇花，晨曦中又擎彩笔。彩笔，彩笔，吐春秋阳光千里。

易安情，东坡句。灵秀壮阔缀梦呓。送人骏马配金鞍，一任挥鞭惊风雨。兰棹击汴水，珠溅声声碧。

（张丽，侠骨柔肠，热心开封文化，常资助诗歌朗诵活动）

【月如霜】致陶继新兄

同窗，同沧桑，月如霜。学工学农回头梦，文字一行泪千行。背向又读苍茫。魂牵陋巷亲娘。

老眼相对，几度把觞。扬眉却低，朗笑里品尽凄凉。臂章在否？只西风袖满，听君唇吐夕阳。

（陶继新，教授，播音艺术家，笔者初中同学）

【奇石观】赠黄剑一先生

江波浩浩，落叶簌簌。日衔关山，瀑落险阻。生命里、抚奇石如一脉龙泉，喷涌灿烂无数。

三间陋石阁，万年精灵舞。忽见童子拜观音，又闻青铜明月煮。屈子长啸云开，米芾拜石天暮。古剑残锷破彤云，青蛇吐信没深谷。雄鸡炸羽时，秋蝉藏枯树。云追铁塔行，鹤随师旷住。人间故事，对石难言，一任泪水扑簌。

多少情，千里路。采奇异，惊魂驻。与影结伴，穿行寒暑。归时伏榻上，唯觉六魄不知处。斑驳里，造化注，始知女娲补天外，留下无字说丰富。

（黄剑一，奇石专家。搜集天下奇石十多载，足迹遍布大江上下、黄河南北，数次险些献出生命。其居曰：陋石阁）

【又逢君】李中华先生

宴上又逢君，握手依稀旧时温。后悔当年总狂饮，细品才知真。华发短，皱纹深，眸中旧事影频频。华章同写，弈棋施计也单纯。

莫叹老，闻君喜事纷纷。春晚几度执导，场场精彩登临。子孙绕膝读君著，字字诙谐笑煞人。肖像闹市上粉壁，英气依旧，粉丝争说近邻。

（李中华，曲艺家）

【展性情】张修明印象

香炉篆文寄虔诚，闭目悟人生。郁郁悲悯花零落，常使宣纸也心惊。泼墨是非忧患里，汗淋漓、收笔始从容。

夕阳下，步东风。偶进影视展性情。功利多婉拒，眉开品香茗。路遇老友频招手，家事细打听。相助囊又倾。

（张修明，居士，愤世嫉俗一儒生。多才，好书法影视，偶演一角色）

【云裳诉】赏王钰古筝曲

唏嘘红颜路。醉抚山河，弦上涌歌赋。忽见霓裳舞龙恩，十里弥香雾。醉酒且让太白陪，荔枝千驿民夫怨，不敌樱唇怒。筝板此时也叹息，座上唯见蛾眉蹙。

转宫商，起大吕，彤云布。马蹄纷纷马嵬驻。素绫三尺纠结，将军青锋指何处？美人伤，暗残阳；美人血，艳朱户。花间秋虫，喁喁何诉？弦崩断，泪如注！

（王钰，古筝演奏家）

【杨柳步】观尚娟娟女士舞

一缕风，一抹云，风云舒卷袖里春。踏歌杨柳步，臂弯月半轮。
貂蝉眸，西施唇，妩媚醉了座中人。笛箫悠扬起，扶摇飞天身。
（尚娟娟，飞天艺术团成员，常参加义演）

【长精神】臧俊岐医生

足迹五大洲，三载刚果金。携东风去，飞针点刺行云。天涯远又近，西装革履踏春秋，壶悬中国心。

著作比身高，又重铸、宋代天圣针灸铜人。温馨不管肤色，望闻问切总统平民，灸罢须臾长精神。

（臧俊岐，开封人，针灸学家）

【千山阅遍】致摄影家田野

田间云镜心，野中月妆意。花深种蛾眉，秋老撷碧玉。千山阅遍留韶光，苍髯堪题惊人句。

步沉沉，影历历。千叠不见君，一张凭谁忆？远帆一叶舟，浩浩天涯去。

【起黄莺】听燕芳歌唱

乍伤子规啼，又悲陌上风。十年心事都做、一江秋水鸣。小桃红，又落英，是浮萍。无弦相伴，独自起黄莺。

女儿泪，湿阴晴。苍苔已厚竹林倾，胡笳散尽韵伶仃。樱唇一努，岚气青云蒸。红袖醉敲瓦釜，只为知音听。

（燕芳，本名牛燕芳。女诗人，酷爱歌唱，声声入情）

【笔尖吟】致贺捷新

笔尖吟，非关诗情，却惹出、泪涔涔。几行雁叫，恍如东风敲门。八千里一声短叹，九重天两耳禅音。古道瘦马历历，大漠长剑深深。

醉里掩卷，无酒抿唇。又重看、那篇文。似我沧桑，似君缤纷。都是梦中人。一笔入了蓬莱，一笔削了昆仑；一笔黄莺软语，一笔霹雳惊魂！

（贺捷新，特级教师，作家，著有散文集《西北有浮云》）

【归来也】赠老友张琦

扶桑。跨海情殇。凝眸处，撒花去一片汪洋。晨曦都在仙山里，孤舟痴痴泊十载，凄凉。

忆老友，哭家乡。弦歌音涩浊酒狂。夜潜梦里听猫咪，庭暖又春光。挥袖归来也，寻芳！

（张琦曾与本人同在开封日报社供职，结婚后随日本妻子东渡）

【一时惊】赏小越席间献歌

酒酣后，牧歌中。漫天音符一时惊。忽浩浩鞭雷雨，忽疾疾掀飓风。岂在乎舌尖褒贬，浑不闻掌上煽情。沙场走女英。

樱唇开合化了浮云，降是花瓣拂水，升是鹰敲长空。调揽悲喜行。不疾不徐时，柳藏小桃红。人间多雅律，独取一支听。

【斗梅香】赠岳飞后人薇莎留韵

雾锁楼台，草衰古墓，瑞雪正斗梅香。谁家女儿，蹙眉叩红墙。传情唇努含蓄，悲愤时、珠泪欲淌又藏。心漂泊，汴水着意，留一抹空茫。

本是岳家人，云月揽八千，诗书应万行。任满身花影婆娑，独追剑光。朱仙镇里觅旧，慕先人、朝暮焚香。白絮舞，杨柳拂身十里，也不插轻狂。

【相惜同病】楚燕插花

纤手执茎，却心潮难定。众香国里谁摘得，春未老，难于春并。芬芳减，玉脂瘦，一别从前丰腴影。燕子旧相识，衔泥伤心，寻不见去岁巢梦。相惜同病。

从此谁共？故土空留香泽，风雨凄凉临幸。依旧横斜插罢，呆呆看、裂釉瓶颈。美也惹祸，千枝古今被观赏，红凋翠损驿站送。人前强笑，人后泪冷。

第三辑

市井杂咏

【春天瘦】

疯长高楼，都市春天瘦。鸟远遁、千湖掩鼻，不禁污水臭。无处去，老翁网上种牡丹，少年键盘栽垂柳。

不似当年，簪花一路香盈袖，踏青十里歌满篓。小腰肢，陌上扭。鱼儿池塘跃，蜻蜓儿，满天竞把彩翼秀。

【街头吟】

酒醉不知归路。蹲街头，且忧众生伤心处。紫罗裙，风中舞。秋寒心燥，欲长啸，怕惊谁家宠物。

抬头霓虹灼眼，靡靡之音门户。闭目听，似有呻吟竦骨。精神空虚，纵驾宝马奔驰，难驱苦恼无数！

【苍天怒】暴雨即景

风狂雨骤。浊浪十里塞街，贵妇乞儿，一样身泥垢。宝马奔驰也搁浅，苍天怒，鞭挞金钱斗。

没腰积水，行人匆匆，原怕下岗比狗瘦。伞骨翻，满街惊魂呼急救！

【远红尘】王屋山吟

翩翩，秀色腾紫烟。枕济水、云鬟摩天。猿怕攀，一峰斧劈凌空悬。

纤纤，谁家小女子，云中闲。黄裙飘飘歌倚栏。鸟飞旋。远红尘，缆车当船。

【菊花里】秋致大连诗友

醉踏平仄舞云霓，此番情义。古城盛装相迎，丝竹声荡漾，潺潺都在菊花里。

千杯举，饮豪气。似故人，前缘续。披星光一笑诗百首，再约明年秋季！

【廊前菊】

袅娜身总陪苍凉，涂满秋霜。生命里擎一枝孤傲，肤色金黄。偏爱岁岁重阳。

卧东篱，醉西窗，着霓裳。枝头上八万道皱纹，堆起沧桑。老死依旧骨香。

【云千叠】猿人峡谷漂流

十万深山里，逶迤一叶舟。白浪破空起，彩练天际流。云千叠，树掠谷，骑龙游。扶惊魂，驾豪气，恍恍醉瀛洲。

似闻猿啼两岸，又坠远古清秋。峭壁林立，象形文字稠。湍流尽处，平湖戏沙鸥。裸体童男童女，个个水底泥鳅。

【吐花容】参加老琳丰诗文出版笔会

鞭秋匆匆，一路扶夕阳行。舞钢月醉诗情里，把盏咚咚。枫叶韵俏，难比老琳丰。

众墨客，兴冲冲。龙泉湖水碧，欸乃桨声。波剪短笛横。七旬笔正健，又吐春花容！

（老琳丰，本名任德平，作家、诗人）

【晚霞曲】

翼敛鸟归，衔得漫天菊花。残阳温和，缓移林荫，胭脂送入千家。长亭边驻马。是何人，酒旗下、醉倚簌簌蒹葭？

无雷电泼洒，当空一幅水墨画。捋髯凝望，诗落竹榻。有银铃敲履，羊角辫、偎清癯脸颊。星也殷勤，与谁说、悄悄话？

【鹤望兰】

悲鸣起云烟。翼如柔火，风动助涅槃。天堂鸟，扶摇上九天。携八万里惊雷，潇潇雨，遣人间。

羞惭。千古帝王凌弱，永驻几家江山？徒惹英雄，马革裹尸还。鹤望兰，我愿驾你去，长裙舞翩翩。

【诗人吟】

对空茫，半生说愁。愁来时，不敢悲秋。天浩浩兮云河灿，无数欢娱在瀛洲。拨月弦，听水流。

做鱼儿，穿梭自由。当鸟儿，跳跃枝头。最喜人间枭雄散，淡妆浓抹歌满楼。沙场冷，兵戈休。

【小窗外】

爹智障，娘多疾，四季百家衣。二八女，破车拣病桔。帘动影暗，小窗外，月残星稀。

晨临近，饿正催，揪心鸡啼。赔上青春，遣愁总无期。邻街别墅，泔水声泼急。

【游子归】

大年如请柬，游子归、不待柳梢消息。家自酿、暖暖春意。再访老友三五，乡音亲、管他锦缎褴褛。

把盏重叙旧，赖一杯、又施少年诡计。何时竟、满街灯雨。爆竹次第烟花，步踉跄、哼到朝阳沟里。

【且罢相思】

轻舟剪开一湖春。岸草浅，疏影几处做芳邻。白云悠悠，碧空抚筝音。

初暖不敢着罗裙。去岁病，翠帘难挡莺娇吟。且罢相思，只待桃花深。

【那人残】

那人残，卧榻苦熬煎。人生何必人心陌？梳妆罢、匆匆云海间。碧波轻抚春色，鸥鸟软语苍山。

按摩久，纤指几痉挛。忽依怀中语凝噎，长须抚玉颜。莞尔笑、推车再披夕阳，还他一路少年。

【独卧葱茏】烟台山观海

烟雨蒙蒙，高台独卧葱茏。四万八千浪起，扁舟几叶，醉摇画屏。打鱼人翻作、潮落潮升。石矶嶙峋垂跣足，青蓑一钓翁。

始皇安在？昔日三巡烽火惊。长髯吐纳英雄气，剑指小东瀛。芝罘千载，汹涌金戈声。铁栏寒暑谁拍遍，鸥鸟共涛平！

【豪兴发】

中流击浪，豪兴发、凭他汪洋。涛滚滚，岂敛我疏狂？骑鲸背，逐鸥鸟，神飞扬。

扁舟几叶，金鳞激昂。海风长发共斜阳。不忍去，把来年，也付了这时光！

【梅屋记韵】

画廊绣阁，又多少、诗酒客。墨泼风流，琴引雅趣，鱼戏微波。披宋月，梦婆娑。

前岁初约，三姐妹，便醉成宫娥。情书红笺，裙翻翠盖，伞走婀娜。千古韵，乱平仄。

【翠残红暗】都市行

鸟啼都进诗词中。偶见几只仓皇去，暮色里、又被猎枪烹。翠残红暗，危楼锁瘦空。

雾霾不约而至，口罩围巾行色匆。宝马扬尘，键盘喧嚣，水流浊泪，金鳞绝迹泣钓翁。

【初点霜】舞女

葱指翩翩涌兰香，柳腰春风凉。一双蛾眉挑花事，满座欲醉踏歌忙。

西施影，飞燕妆，韵似琼林初点霜。愿逐民间寻常梦，不惹兵戈马嵬狂。

【满目桃红】清明踏青

何心事，泪如雨。探春却怕暮春季。杏花开了便落，紫桐纷纷坠地。满目桃红不堪摘，哪朵可是自己？

凤藤依旧攀墙去。朱门早关闭。旧时燕子绕廊前，故人陵墓，新添几许？淡妆早卸，白发人、卧听东风语。

【古树深涧】花果山

石嶙峋，翠滴山。古树深涧腾紫烟。射阳山人胸中事，玲珑化作美猴仙。

怨无边，恨无边，香一炷，悟千般。纵有棒扫天宫去，佛祖笑，五指间。

【访桂花】

访桂花，御裙直上白云家。高山深涧，暮秋一路残霞。西风烈、落叶簌簌卷黄沙。琴声何怨，且随馨香天涯。

【买假药】

蹒跚行。杖头弯，药包颤颤裹薄冰。一生穷积蓄，老眼近失明。忽觉背后数指点，众里掩面笑有声。

进门惴惴拆开看，小女朗朗念说明。蓦然惊！大师凿凿夸治愈，又是蒙：石膏菊花加麦冬。上火时，也许中！

老翁抡杖起，恨恨向荧屏。可怜老妪挺身护，额头血，和泪行。身后锅盖倾，清水蹦跳煮大葱。

【杨柳岸】郊野

杨柳岸，小溪旁，壶斟东风影子长。霞漫雁两行。玉笛横吹梅花曲，谁家少年郎?

托粉腮，思迷茫，水袖半掩目微张。斜倚篱笆墙。欲牵裙摆踏歌起，却嗔杏儿黄。

【击节客】

花香穿东风。百鸟翻翠，起伏云中鸣。席间击节客，泪沾青衫，欲语无声。怕听鹧鸪曲，不忍江南行。

饮罢一杯孤独，眉上强笑，杯碰叮咚。丝弦愈欢快，心儿愈凄清。懂了柳永，坊间千吟，任他皇宫。

【强笑如故】空巢翁

穿衣累，手簌簌。水沟方寸，巍巍拄杖，绕行汗雨如注。当年大战陇亩，镰飞百顷稻黍。燕行疾，依旧身后剪雾。

儿孙大了，塞北雪，岭南路。欲盼归期掐指数，白发三丈心剃度。青灯照残梦，蛩鸣擂蛙鼓。人探问，残眉强笑如故!

【都市情】

邻居远，偶访唯有宠物。凌霄殷勤，喇叭搭桥，红紫均分朝露。人懒懒，都被重门锁住。喧闹杂院，换成高楼，鸽群炊烟薄雾。

【老翁吟】

捋白须，一把酸甜苦辣。病了自己撑，对众人，扬眉无话。压力大。为儿女，为功名，岁月转头终虚化。

饮浊酒，藤椅下。雀儿不知，咂一口，惊恐飞上葡萄架。墙外嘈嘈杂杂，块儿八毛斗嘴，谁懂心情无价！

【瑟瑟裙】忆舞钢诗友

朔风过，瑟瑟裙。冷热九载，推窗南望忆故人。龙湖千顷波，二郎一抹云。幽兰香弥，飞雪翠吟。骚客水底事，池塘可沉沉？

歌哭有近友，疏狂赖远亲。灯台架上，临花一醉，梦中泪涔涔。网上虚拟微笑，键盘悄许芳心。应是韵里诉前朝，再赴舞钢，重塑今世身！

【落红】

阳关曲冷，斜阳惊悚归路。楼隐云深，仓颉台边古木。无人攀折，片片坠、又铺伤情无数。是哀鸿影，是离人泪，是相如赋。

不弃故土，死生半空凭舞。那时曼妙惹蜂蝶，下自成蹊，东风得意暗度。池畔三叠诗咏，卷里丹青环顾。此番去、潇洒仍芳骨。

【举杯乐】

举杯乐融融，电视里，百家鸣。圆桌上，任尔无语，任尔发疯。再也不为饿辛苦，只是怕、肚子大得狰狞。

聊过去，聊来生。聊无蓝天，聊水污染，聊月不似去岁明。醺醺一呼谁失礼，好男儿、自家免斗皆弟兄。

【太平乐】大年劝酒词

满上琼浆，先敬高堂。三鞠躬列宗列祖，八百杯近邻远乡。香一炷纷飞瑞雪，歌三叠满街飘香。画舫凌波金鳞闹，龙灯摆尾舞霓裳。太平乐，盛世狂。掌上轻是玲珑，曲子软是悠扬。梅苑苍髯携青丝，红楼紫气灌斜阳。

天涯浪子，切莫彷徨。西出阳关有故人，乡音四海烹牛羊。君不见楚汉金兰系玉帛，君不见中外虹桥涌兰芳。君不见贪官落马惊鸦雀，君不见百姓扬眉吐气长。太白将酒歌含泪，幽州台上泣子昂。我且重作劝酒词，春风醉，春联忙！

【清明吟】

桃花醉了春风。斜雨穿帘，布谷几声。柳絮入了农家，炊烟也蒙蒙。荷锄人，裤脚高绾，小曲哼进田塍。

溪水叮咚。陵墓旁，纸钱飘摇，四围翠柏青松。大雁不知含泪，振翅排入长空。拄杖老妪，衣着依然如冬。

【明月睹】牯岭品茗

崖上醉云雾，旋旋四百瀑。紫气倒挂三叠，炎炎不知暑。斜雨随风卷帘，旗袍欢畅，下摆自在舞。丝竹隐隐平湖里，似见雁落无数。蛾眉微微蹙。有香泪，粉颊凝驻。

思情侣，又恐春心再误。纵皱纹入诗，也只有、冷冷梦里明月睹。与君一杯浓，两杯淡，再续味寡各殊路。何如嫁山水，以茗为伴，任凭岁月煮。芬芳如故！

【西沟行】

绣户珠帘久，常令人空瘦。粉也腻，枕边落花，难把清新透。沿涧太行深处走，一路野菊香盈袖。山雀穿枝，断崖裂云，瀑布逶迤挂远岫。

放情怀，削竹杖，手牵手。别了都市喧嚣，长精神、犹有囊中老酒。鬼斧神工采为诗，梦回远古追天狗。夜来篝火引长歌，惊得锦鸡也鸣奏。

【西沟泉】

摩天石壁，森森苍苔八千。缥缈出远古，一帘倒悬。疑三叠凌云携雾，注瘦庐山。引旅客，镁光灯下共秋色，紫藤青鸟久流连。

十万鼙鼓竞擂，水箭激烈，搅乱寒烟。又如壮士骑白鹤，自天外，正凯旋。入岩脚却化袅娜身，起舞踏玉盘。欲问人间何开颜？

【沧桑韵】冬临锡崖沟红岩大峡谷

谁挥巨刃凝神力，腰斩几万年！绝壁破空深谷裂，云腾腾铁索颤，风森森毛骨寒。鸦啼王莽鬼曲，冰凝百丈冷泉。斜阳穿松惊融雪，一片一梦残。

人走盘龙步，我做石上烟。飘忽千峰回眸望，忽笑一弹丸。造化终是沧桑韵，处处有遗篇。三国催汉搔白发，两晋折戟南北滩。人间最宜恩怨老，弹冠入山岚。

【机上蓬莱】

天上飞船，弹指九州。闭眼凝固云海，睁眼时、垂挂万丈彩绸。百鸟都付瑶池去，留下惊叹一卷，空守五凤楼。恍若听禅无语，横枕梦庄周。

恰恰逍遥游。忽有碧潭深，蛟龙腾空起；忽有大漠平，啼痕满眼留。海市只在人间聚，霄汉最真，浪迹不知忧。即如帝王千呼，耿耿不回头！

【长啸】

长啸。歌哭山坳。阴晴不定是人心，乃有雷电风暴。正襟？粉妆？低眉？狂傲？为避俗眼，还是躲进酒瓮，真好！

狼躲，鹰遁，鸡叫。石块，弓弩，火炮。凝睇处，轰轰烈烈千年，城头大王旗竖了又倒。欲做顺民，忽惊悚、遍野商家售假药。

【四君子】

梅

都说君妖冶。半掩红唇半披雪。最冷处，灼灼一轮月。不恨霜重压枝，不惧风恶摧叶。

谁折得？玉瓶生暖暗香烈。贫富岂关情？幽思肯于寒鸦借。凭凋零、也把冬来酬谢。

兰

国香。十万里江山，十万里淡淡鹅黄。都掩入、四季次第，葱绿汪洋。不见脊梁，气韵自是脊梁。

文公徒有郑疆。燕姞有孕，天下乐、洋溢天下芬芳。丹青手、调作诗情华章。最惬意、纵横俯仰。

竹

随处望、泠泠青光。二十四时令都占，方气蕴空灵，节节扶苍茫。

山涧水渚，亭台酒坊。琴弦激情迸溅，可借了、君阳刚？

也曾低矮如草，也曾冠盖摩阳。破彤云，裂顽石，摇龙塘。风中弯弓举月，逢春雨、便拎人间，写自家碧色汪洋。何说狂？

菊

任岁月赋予，不肯轻抛寸金。枝头老去，仍搂定、龙亭湖畔点点残云。九帝龙袍暗换，蕊年年劲吐，玉带桥上秋深。

姿凝色，掬万花娇媚；韵洗痕，偏不占片春。霜重最抖精神。凭莺去雁远，寻常蹙颦。风寒层层彩浪，雪作友、冰为邻。

【乱云飞】

眯眼望天，乱云飞渡。残阳不管天将暮。宿鸟疾、翅关温饱，几只落湖边老树。都言盛世，我且伤、斑驳青石路。

潘杨久止干戈，杨府旧貌重塑。僧俗犹在斗心机，一炷香欲袅，便将十元吩咐。画舫管弦空激昂，游客迷失今古。

【满街试雪】

天垂彤云，初冬满街试雪。老纤手，衾中索春，欲辞翁温还借。冷了心、却念丰富，毕竟几度秋月。

无夜。情最缠人，花开何谢？案头一枝梅俏，伴荧屏孤弦，十里风烈。蛾眉空蹙，怒时又怕贫血。

【菊又来】

秋风几场，便卷得、霜降寒意。街上貂裘长袄，扫枯叶十里。菊又来，携千百种落红，冷雨难遮花雨。

伞下少妇，数梦幻颜色、眉梢暗喜。岁岁增姚黄，仍是输了魏紫。宝马香车，拥挤处、缓缓推开冬季。

【夸祖业】钱

凭一生揉碎，化做纸币，供儿孙细数。儿也如爹贪婪，睁眼闭眼钱铺路。隔墙老翁夸祖业，都乐为、耍猴杂术。回望家中猫，盘腿媚笑，只待腥腥鱼骨。

空误。青山翠，风抚柳、夜雨蒹葭蛙鼓。斯文尽辱。浑然满街动物。千年树叶换西装，铜臭熏衣裙，无辜法国香露。累累累，苦苦苦，此情谁人得悟！

【满春台】

不是瑶台，胜似瑶台，流光溢香满春台。听鼓筝齐鸣，看丝弦醉舞，人入梦中，梦儿踏歌撞心怀。

十柄伞，遮如烟梅红；三架琴，奏似水梨白。雪也融了，情也化了，唤醒右军，摇一弯晋月归来。

【宝泉行】

一脚神奇，一脚蛮荒。秋花秋水，铺百里苍凉。绿韵依偎堪怜，峰欲揽、怕惊群鸟仓皇。

沿岸古木，碧影都在涧底深藏。叹宝泉灵秀，都付了千仞壁、万重岗。马蹄独踏沧桑。

【斗诗情】

户外波涂暗绿，庭中壁挂滢红。满室幽香扑鼻入，一围骚客斗诗情。又耳边、隐隐炮仗声。

老酒三坛拼罢，龙虾十尾盘空。令起令伏今古韵，靓男俊女比癫疯。指尖涌、筝下魏晋风。

【游西陵峡】

无从追太白，西陵为我开。踏浪渡轮无声，疑是翡翠仙台。山旋转，云徘徊。秋雨织重帘，幺妹荡舟对歌来。

峡千丈，人悬索，惊百骸。神猴弄巧，凭君搔首，玄机深深怎堪猜？纵吟哦、揽词漫说高古，不如一任情怀！

【霜降】

霜降风也欠温柔。寒意牛刀初试，老弱裹棉裘。
天不赐雨人自雨，霰弹千发云头。送农家好秋。

【千叠风雨】中华诗词创新研究会年会归后作

岁月长几许？烟云空茫，你方歌罢，我谱伤心句。阅古今，沉浮里。宫墙白屋，都化做、千叠风雨。

傻傻诗人徒叹，不见平仄旧韵，笔无据。唯燕子年年春来，爪痕新枝红浥。耕牛总走进，布谷梦里。

【再携手】

再携手，不忍四月送花走。相拥白发里，歌如初，舞依旧。重读青春，一卷泪，千杯酒。

此生缘，虽在天涯情相守。稀粥捞月亮，忆当年，话不够。夕阳正红，霞入湖，诗入篓。

【情最少】

情最少。物欲满世跑。御街匾额如云，只有风流渺渺。雁字年年，几笔将春横扫。

谁衔恨，谁悲歌，谁烦恼？贪了，吐了，唯余骨肉离散，肠断一家老小。炊烟徒自绕。

【梦深处】

意恍惚。狂奔不觉已跣足。疼知否？蒺藜如花裙若无。傻傻梦深处，可有酒一壶？

【一帆】写在新诗百年之际

一帆。击水起波澜。云随风怒，终卷百年烽烟。诗坛旋转，诗号冲天，诗鼓擂破韵不闲。

曾几悲壮，曾几娇媚；曾几朦胧，曾几夜裸醉挑帘。诗家蹙眉觅诗路，路在茫茫山海间。

【花渐远】

花渐远，浓浓淡淡，一场北风都不见。蕊说金，虬枝争功，无奈南归雁。低眉思、偶惊鬓老，栖寒雪数片。

过了霜降，似把沧桑阅遍。十里御街菊黄，惹翁妪、残阳堆里挤暖。龙亭王气分发，两湖水、几处鸟鸣乱。

【君来去】

君来去，酒杯满复空。百年匆匆。对灯花，说先贤诗韵，独自听。干戈里，徒留壮怀激烈，瑟瑟西风。

悟了歌舞升平。凝眸处，双双琥珀红。却问太白东坡，谁是英雄？布衣家，最喜垂髫嬉闹，娇娇莺声。

【痴痴呆呆】

人生万事皆云烟，缘分尽、心更宽。一枝蜡梅一枝冬，为谁累、总辛酸。

我欲乘风览春景，千般情、半杯干。哪日题款天涯里，黄莺啼、醉花间。

【四十字令】参加文代会有感

官官官，满台鸦雀如云烟。灯暗处，台下诗赋争比肩。
官官官，增删文采谈笑间。青史上，蟒袍玉带舞翩跹。

【懒教人间识我形】

携风狂呼去，与雷共焚身。电光一道，千里惊云。潭底涌起破空浪，枝头飘落杏花村。成败付一樽。

吊亡灵，泣鬼神。九叩首，祭冤魂。采花缝霓裳，跨虎送百春。懒教人间识我形，天外啸台筑荒坟。

【画意】

捻一支柳笛，横红唇，吹彩云飞。水波浩渺，是梦中蓬莱，铺千层朝晖。龙舟疾，黄鹂鸣，东风追。

不是幻景，已幻百回。春在笔下，再添几瓣老梅。山含黛，枝凝紫，大雁归。搔首无计，鞭醒惊雷。

【影独处】

小径月下影独处。满树霜花，铺双肩缟素。栖鸟正归巢，无人顾。杜宇残声啼归路，天河断弦荡薄雾。叹友如繁星，却知音难诉！

【画春】

横空数枝，半身雪，半粉衣。东风柔软，翠叶扶堤。牛上牧童吹金蕊，阿婆误，呵斥疾。

幼蜂来自何处，小可怜，独一只。拣遍寒苞不肯栖。忽惹我莫名泪，红袖儿，亦凄凄。

【情迷失】

性堪乱，一夜风流散。女女男男惊魂，情迷失，几声叹。月下那人后庭，又揉破桃花粉面。钗重插，裙重整，意重懒。迷离不知谁家，狼藉酒坛玉盏。

端的不是淫妇，难熬空闺，倚栏千遍。钱惹人贪，贪惹人远。碎了一个痴字，问人间，多少孤雁？儿女各忙，却是烽火三月重现。蛾眉憔悴，海棠雨中漫漫！

【黄昏暗】

秋风软，墨菊煮酒黄昏暗。罗裙上金钩，粉额涂香汗。不知霜重，宣泄过后，心与乌发一起乱。

恨郎君，天涯远，纵有良宵难遂愿。骂贞洁、千古杀女儿无限。情长久，色短暂。低头泪垂水晶链。

【红梅】

点点丹霞，青春流浪雪为家。金帘玉栊，懒做窗上花。清明雨，知落红何处，芳骨天涯。

【菊】

佩霜来，月影共徘徊。孤鸿枝头独不去，只把暗香脯下埋。

遥对春，一笑千里云。时光阅遍我爱老，饮尽沧桑化冰魂。

【黄昏约】

真是红酥手。黄昏约时，落叶何携朔风吼？哈气欲暖，反把霜凝就。隔疏枝，迢迢卧钓叟。

波已冰，布帘厚。一床锦衾凉意透。老鸦三两声，多疑栏外影拂柳。心儿咚咚，却道来壶酒。

第四辑 对月访古

【云烟里】叩问宋词

谁知宋词功夫？云烟里、浪花排空舞。苏辛长虹气，千载垂天瀑。宫商角徵羽沉寂，不改沙场闻鼙鼓。

访柳永、谒后主，井坊宫墙，朝朝暮暮。脂粉啼落红，苍苔白云路。可怜俗家追平仄，却把三生误！

【笑读词评】

古今评论多荒谬，不知词人缘何瘦。剥裙探玉肌，却道情依旧。汲水南山顶，暗喜北岭臭。万千典故垒主题，东坡易安伤心透。

【兵戈休】

鼙鼓何催英雄泪？餐风饮露，国破人难寐！扫尽黄沙狂飙起，岁月老，兵戈碎。鳏寡孤独荒冢上，柳枝光秃，桃花憔悴。

我有浊酒与谁醉？叩问苍天，愁深云葳蕤。纵铺彩霞千万里，人性恶，春色废。且逐陶翁东篱下，随意秋菊，随意流水。

【读辛词】

玩味稼轩，万千典故。不知谁是笔主。最喜《丑奴儿》，寥寥青丝白发，道尽人间酸楚。

更有四十三年，望中犹记，烽火扬州路。湿了睫毛，伤古今英雄迟暮。一滴泪，胜无数！

【读史】

开卷，满纸刀枪乱。男人争做枭雄，婴儿哭，弱女怨。沙场血板结，朝夕朝代换。一杯浊酒谈笑，皇宫散作瓦片。

轻叹。惊落柳花数片。蜂蝶绕，春匆匆，暮色瞥时大野暗。且掷经史子集，携友丛中听雁。裙摆阔，东风软。

【破空题】

忽有一梦，提笔蓝天，当空涂写。记之。

夜如舟，载我周天游。笔挺处，十万云锦分流。颠张狂素，拍我额头。秦汉月东西照，唐宋风南北吼。惬意泼墨，散我千里忧愁。

云河上，星留迹；蟾宫里，桂作钩。汗涔涔兮走蟒蛇，袖飘飘兮飞猿猴。铁马奔突裁纸屑，金戈梭起铸中轴。鸡啼锋未秃，一卷羞王侯！

【掩卷莞尔】

翻检宋词几句，品入毛尖里。香渐浓，味渐细。叹徽钦昏庸，高宗偏安南隅。便惹得、柳郎频醉，苏辛激昂情绪。江山何累？沙场英雄，魂本无辜，陪葬凄风苦雨。

千古好景难觅。翠鸟穿云，自在啼，一水春意。即如秋来，菊也满身裙裾。农妇桑田，黄犬苍鹰，王朝更迭谁记？掩卷莞尔，梳妆罢，丛中去。影曳袅袅俏丽。

【遥举盅】

敲词韵无声，点点风雨中。万事云散，是非成空。化丽人乘鸾凤，玉笛横。旋律无意谁说破，啼血低鸣。撷百花裁我裙，挥清泪歌天庭。

淙淙，是泛舟人，携酒载放翁。邀我千千遍，低眉终不吭。蓬莱闹，瀛洲冷，白发葳蕤绕皇宫。唤玄鹤扶摇衔泥壶，遥举盅。生如死，死如生。

【流水自去】

管他东风，漫卷去、千古英雄。春秋次第，遍野依旧花红。醉饮朝露，何须浮名？天香否，任谁评。

眉峰最难舒展，日落忙又挑灯。苦味苍生。东坡悟罢梦独行。弯刀歇了，流水自去，愁由何生？

【碧霄里】听唐诗

踏歌声里竹枝词。案头上，扶耳眯眼听唐诗。远刁斗，近黄鹂，月华十里浣纱衣。

白居易，刘禹锡，临风吟哦芦荻栖。把酒酹情任秋老，碧霄里，玄鹤醉舞我痴迷。

【世殇】

浊酒轮回，琥珀光里，醺醺不知是谁。凭胆气，千古英雄泪几垂。多陪。赴沙场，让天下看，其实真的无贼。

枪炮何必，轰得江山一围？醉穿衣，雾霾已去，疾疾雪中折梅。我做梅，冰霜杀我，墓中老友喜成灰！

【愁无序】

不肯随、庾信说愁。又无奈，两鬓秋。懂了黄花肃杀里，千古骚客、冷韵枝上悠悠。

开坛酒，一梦收。诗词总潦倒，人儿强抬头。无关汉唐风云事，暗自伤情，桥下匆匆水流。

【咏酒辞】

又对月。碧影翻飞，杯觥时节。只暗笑，蟒袍卑躬，声诺诺皱纹堆雪。喜追七贤，韵起处流萤明灭。高力士脱靴罢，太白潇洒凌五岳。

不论金樽玉盏，江湖随意书写。入泥壶，风流巫山夜；潜皇宫，乱了百代爵。豪情千丈无尊卑，此生不与侠义别。形似水，性火烈！

【明月歌】

明月不随秋风老，茫茫世，官如尘埃冕如草。我心逐明月，天河扬波挥兰槁。青丝乱桂枝，霓裳拂香草。影入太白剑光里，一曲舞罢天将晓。

鹭鸶杯，千樽少。屈平醉罢乘青鸟，吃吃笑天问，汨罗何浩渺？与我结伴访东篱，悠然南山好。云雾路，清风扫。众仙列阵又至卯。从此不思归，银光只写花间稿。

【花间叹】

花间叹。任凭流萤，旋舞纨扇。屈子何傻傻，学湘妃、一纵千古遗憾。汨罗水，春来依旧桃花面。

执壶去，月下影，醉绕离骚卷。字字忽如群芳来，荷锄葬剑戟，沉香满庭院。长髯客，栏外勿惹箫声乱。

【端午调】

汨罗水，曹娥江。一样清澈两荒唐。直令千古，龙舟竞罢人断肠。梦中唤，常思量。何处青山不斜阳？香消玉殒，秋风殷勤起苍黄。

【神仙调】

众仙居紫微，帝王入昆仑。天地茫茫，阴阳本自混沌分。霓裳舞，神剑曲，助我吐纳八万云。冥思处幽，歌哭百鸟不堪闻。

沉浮寻常事，大江碧水深。斑驳樯橹，能令东坡几篇文？年年花开又是、炊烟袅袅新春。不思宫瓦，一袭布裙。瑶池快活身！

【步步踏】

雪花照梅十里。几瓣惊落，诗人情绪？年来回望殷勤，步步踏、总是林逋句。虬枝纠结，驿外转瞬春雨。

东风谁绿？江涛裂，崩云重聚。千古梦幻纷沓来，又翻做、枕边记忆。眼前景谁能道得，皑皑扶摇天际！

【帖中打坐】

《自叙帖》中打坐，几度瑟瑟秋雨。茫茫然，蛇缠枯藤，古道西风情绪。兰指颤，玉宣深，竟无计。好一个狂僧，何疾疾无由追你！

云髻披散，扇撵流萤去。花间剑影，再搅漫天苍龙，横行天际。长裙铺作烟霞，蛮腰弯成薜荔。提臀莲步从容，湖边自有，窈窕侠女。

（《自叙帖》即唐大书法家怀素草帖之一）

【江中落花】

自飘零，最从容。一梦千年，随意咏叹月沉升。舟中曲，韵伶仃，陪我醺醺大潮中。忽有霹雳崩云裂，莞尔笑，倏忽残阳挂半空。

滩头旋，卵石惊。沉浮已逾浪万重。波波都如弦揉筝。过客无意，江流存心，乱枝搅我垂泪听。岸在茫茫任谁觅，西风去，又东风！

【棋枰吟】

一从太祖输华山，乌鹭飞处，纹枰至今斗逸仙。殿和亭，白雾茫茫说陈抟。天下事，输赢都在一子间。

先手云，后手烟。云烟玄机生大千。混沌世界谁看破，征战成空，千虑归禅。凭他指下波涌涛连天。

【年画吟】

一从汉唐说到今，年画也是白发人。神荼郁垒沧海上，剑戟横，黑龙遁，度朔山阴岁岁春。

钟馗至，桃符新。杨柳青青百花深。伏羲氏、关帝君，众神共舞一扇门。吩咐灶王宴万民。

【汨罗江畔】

汨罗江畔，鸥鸟年年此时见。龙舟里龙子何处？岸上行人，听取涛声一片。帝高阳之苗裔兮，任长啸、依旧空负倚天剑。

渚间蓬草枯荣，楚水咽伤心流放，直令郢都远。离骚终是牢骚，君祭湘神谁祭君，山鬼叹息八万。唯诗魂、招来花明柳暗！

【宋史兵戈咏】

箭蝗穿四野，斑斑是、辽金血。澶渊盟任评说，秋来时、岁岁共圆月。银樽释了兵权，黄袍身、坚如铁。

高粱河，应忘却。当年樯橹，都付大江明灭。唯有渔夫一篙千里，夕阳下、网收惊涛千层雪。

【英雄痕】邓城白果树

一树千年风云，凛凛冠，披嶙峋。战马嘶鸣依稀，铁干犹有将军痕。婆娑影，荫后人。

殷川泠泠长安路，浊酒残杯洗征尘。此处驻英魂。拢枝听莺问白果，多少事，费沉吟。

（商水邓城镇有一银杏树，树龄已有2300多年，据传是王莽从长安追杀时，刘秀栖息之处）

【懒睁眼】

漫天云暗。雾霾起，懒睁眼。梦里梦外咏叹。抛浮名，恐失意；入俗世，意难满。懂了屈子太白，骨外潇洒，骨里也凄惨。

懒睁眼。浑浑噩噩酒一碗。司马公，伤竹简；放翁情，苦唐婉。欲做文姬，更怕胡血染。帘卷梵乐，几曾惊心，空惹东风乱。

【乱云鬟】与古人对语

东风乱云鬟。与古人对语，茫茫沧海间。一枝桅瘦，几点鸥鸟，隐隐黛山。朱唇开，忽惊雷四起，浪腾紫烟。裙裾飘八百里，窈窕身万仞，刺破苍天。

都是神仙，累死神仙谁悟千年？凭天下剑戟蝗虫飞，又岂如，醉翁亭中品牡丹。莞尔低眉笑，琵琶弦引处，潦倒数青衫。荡舟远去云端，弃我者，唯有傻傻屈原。

【岸边坐】岳飞

春又来，岸边坐。湖束玉带，袅袅云霞千朵。壮怀激烈酒一樽，《满江红》曲近，舫如战车过。腮边泪，滚滚落。

懒说英雄，无奈杀戮，谁之错？即胡虏，也哭爹娘弱。朱仙镇剑影刀光，山河依旧颜色。越千年，回首仍不语，却待人说破！

（岳飞，字鹏举，南宋民族英雄。因力主抗金，为秦桧所害。今存词三首）

【醒来笑】辛弃疾

未了却，君王天下事；照赢得，生前身后名。即使鬓云欺翠卷，水袖舞，何不英雄？

挑灯看剑醉里，沙场瑟瑟西风。醒来笑，一场空。宦海浮沉，汩汩血，冠上缨。

（辛弃疾，原字坦夫，后改字幼安，号稼轩。南宋豪放派词人、将领，与苏轼合称“苏辛”。现存词六百多首，有词集《稼轩长短句》等传世）

【豪情千古】虎门销烟遗迹凭吊

虎门虎何在？青云里，百年外。满潭碧水沉默，四围椰子树，携东风依旧澎湃。销烟遗迹，留我中华气概。

鸟喋血，罂粟败；壁勒痕，民族爱。先生挥手处，豪情千古涌一脉。极目海疆，盘旋白鸥，仍把英雄等待！

【吊五丈原】

托孤收中原，白帝城，烟雨泪雨苍茫。羽扇空沉重，阿斗佯荒唐。军师北伐何继？又木牛羸弱，流马蹒跚西风凉。

裙钗难激司马怒，辛毗符节占星光。纵千万神机，无奈凄凄病膏肓。叹青史总让英雄死，高坡泥石乱，岁岁草木黄。

（五丈原，位于今陕西省宝鸡市岐山县。三国时期，诸葛亮屯兵五丈原与司马懿隔渭河对阵，后因积劳成疾病逝于此）

【芙蓉初凉】卓文君

芙蓉初凉，鸥鸟双剪翅，孀居谁处？凭金色，涂玉脂，无聊日子空误。绿绮声隔窗撩情，又惊闻，那人墨洒《子虚赋》。

一曲便付女儿心，魂追天涯路。当垆卖酒袅娜身，痴情偏惹富豪妒。口吃郎，无语诉。千年恃才，诗家徒留高古！

（卓文君，西汉时期蜀郡临邛人，汉代才女。中国古代四大才女之一。《子虚赋》是汉代辞赋家司马相如早期游梁时作品）

【虞姬怨】

与君共枕处，无处说辉煌。垓下夜、八万候鸟同呜咽，三千楚歌绕玉床。铜镜晓来生白发，葱指懒去贴花黄。怯怯瞄长髯，无计舒愁肠。八百铁骑，剑匣劲啸，热泪洒凄凉。

古来长恨，英雄总悲，肝胆难敌计谋强。江山壮烈彤云卷，雨打芭蕉，舟横苍茫。叹相携日短，鬓里凤钗斑斓，点点融夕阳。唤声乌骓，再共酌一杯，血祭滚滚乌江。

（虞姬，楚汉之争时期西楚霸王项羽的情人，项羽曾为其作《垓下歌》）

【太史公】

辛酸泪一把，青史笔下生。搜竹简，忍屈辱，误花红。腐刑一梦过了，羽扇下、依旧蹒跚起东风。

笑百官媚眼，叹钟鼎失声。任凭王侯披金弹冠，孤影仗义行。别汉月、自有巨著，煌煌世界惊！

（太史公，指《史记》作者司马迁）

【上古吟】

举目汪洋，漫天翼龙狂。女娲臂千仞，五彩石，筑万古风景，一轮斜阳。混沌处盘古策马，昆仑垂首，雪莲次第吐芬芳。

唐尧苍髯引虞舜，指方向，送时光；大禹木筏导浊流，辟九州，种安康。草木葳蕤露晶莹，群兽齐舞，百鸟竞翔。

【美人怨】

结绮，望仙，临春。光照殿前无光照，闺阁霜冷绕昏君。丽华娇媚，纨扇逐流萤飞暖，何故葬南陈?

后庭花满树，风吹都是女儿音。大江滚滚千年泪，红消香谢怨谁人？痴痴富贵久，雨打欲壑深。

（南朝陈后主起结绮、望仙、临春三阁，阁高数丈，并数十间，窗牖、壁带之类皆以沉檀香木为之，饰以金玉，间以珠翠。瑰奇珍丽，穷极奢华，古所罕有）

【宋词恋】

拜别冷月去，裙带曳紫波。一路柳韵扶风，胭脂泪，满城青楼婆娑。揽师师，灯火矾楼，筝引醉歌。念念易安姐，栏杆倚遍，随黄菊，瘦了山河。

梦千年，不愿醒，又为何？放翁情，鹏举枪，稼轩剑，大江滚滚逐逝波。后主荒冢，金明池北，不是旧家国。今宵煮雪，鬓插红梅，笔下再走长车。

【戏锦鳞】咏《四库全书》

三亿文，十载名士春。经史子集做妓女，争说都是乾隆人。可笑徐骏最傻，何事骂清风文盲，无处葬冤魂。

人间万般难，诤言吐祸根。秦皇焚书坑儒，却输鞭云幻五彩，光辉耀龙墩。千古渔夫聪明，逐浪只戏锦鳞。

(《四库全书》全称《钦定四库全书》。是在乾隆皇帝的主持下，由纪昀等360多位高官、学者编撰，3800多人抄写，耗时13年编成的丛书，分经、史、子、集四部，故名四库。由于搜集四库全书时毁灭大量古籍档案，故有学者称为“四库毁书”)

【舒眉笑】读辛弃疾词

舒眉却笑稼轩句，耿耿满纸英雄。掩卷一瞥窗外，茫茫白毛风。梨花一夜肥厚，压瘦池中湖水，行者正匆匆。连日倒春寒，窈窕纷纷变雍容。

千古百姓事，唯求丰年乐，不慕名空空。江山如画，岁月何赖弄丹青？淑女倚帘梳洗，吊兰潜入镜里，悠扬起秦筝。人间万般恨，马革裹尸泣苍鹰！

【宜释怀】

且随太白去，也与鸥鹭盟。彩云织我羽，翩翩戏浪行。

梦呓总说鸟语，满街惜无人听。人间最宜释怀，憔悴源自情。

【登泰山】

登山凭吊难写意，袖掩浊泪不敢泣。后人拜谒纵虔诚，一抔土，两束花，最多只是三年祭。

千古谁封帝，花间卧四季。仗剑醉挑水中月，散尽锦绣赠知己。人生何须千金裘，自由谁求取！

【诗词调】

心惊处、不知有韵，泪在律外扑簌。忘了是谁，忘了今古。仙境岂在谢公履下天姥？拨云迎伊人，颠颠莲步。又莺啼婉转，桃色漫天霞煮。

井坊辘老，江舟弦哀，雪梅鬼舞。疑出情、总在情归路。如何了结？莫问柳郎东坡林逋。读青灯，敲明月，睡冰铺。魂出窍时，且对山川诉！

【秋色暮】

秋色暮，漂泊乱红无数。古今骚客，此时旧词翻新，唏嘘情、斜阳流水烟渚。

平生事，何必青史托付？烹云煮月，自把壮怀倾诉。雁南飞，白霜金菊满路。

【时惊梦】

残雪初消十里泓，弯月枝头升。时惊梦，坠诗中。古是愤懑今放浪，乍低吟，又纵情。

心绪如舟，一帘霓虹。玉桥笼烟波涌碧，栏外起秦筝。兰指拂乱冬夜，访古醉龙亭。

【诗词谣】

为避平仄常失意，挥笔何得风云句？太白峨眉秋，平羌万古流。汴梁柳三变，一任皇榜乱。书中久踟蹰，白首一字无。且去酒中品花韵，一颦一蹙都得劲！

【长天悲啾】

一卷唐诗翻遍，眉批不敢下笔，唯余慨叹。人生终是流水落花，累了鸿雁，老了鸿雁，来去还是鸿雁。这性情，都化作长天悲啾，千重门，关不断。

曾慕太白仗剑，五岳游，不闻天子唤。又怎懂，只有敬亭山，相看两不厌。我裁霓虹舞星群，泪盈秋波诗满盏。伊人却何处？功名里，沙场残月催征晚！

【把玩宋词】

把玩宋词按摩韵，三百夜，不闻鸡鸣。扬眉扶梯摘明月，低头挥锄葬落英。黄鹤绕，玉笛横，大江东。

满卷惹我芳心跳，仙境里，魂也空灵。拼却残生酿一醉，醉入蓬莱莫问踪。红笺泪，谁收起，一世情！

【屈子魂】

流放。仗剑披发，千里头颅高昂。气浩浩彤云怒卷，风萧萧诗魂鼓荡。驾八龙之婉婉兮，奏九章而舞大江。抱石一纵，国殇。

泣先生屈辱，歌先生刚强。忠为何物？直令青史癫狂！黛山，碧水，翠鸟，是家国，是爹娘。赤心扫除佞臣，谁求万古流芳？

【寂寞深】致魏夫人

始入相府门，便知寂寞深。皇城十里，高墙锁流云。怕见枝头白鹭，双双依偎栖身。

翻遍箱箧珠宝，更怜一袭紫裙。溪旁堤下，无聊影弄人。此恨何诉，夫君嫁了公文。

（魏夫人乃北宋女词人，宰相曾布之妻，有词十余首传世，多为伤春惜别之情）

【金戈铁马】范仲淹

塞外冷月下，西风千古猎猎，犹记金戈铁马篇。沙鸥拣寒枝，知是旧时营帐，遗迹处、箭镞斑斑。

叹息连连。掩卷泪潸然。大浪汹涌终淘尽，千古英雄，泪里烽烟。庙堂进退苦忧，为后人、这画里人间。

（范仲淹，字希文，苏州吴县人。北宋杰出的思想家、政治家、文学家）

第五辑

人间反串

【脂粉里】

任说我、女儿装束。脂粉里春天无数。借得玉带箍蛮腰，香发三尺瀑布。柔情里，人生悟。

厌了杀戮。英雄气、血腥弥漫千古。花间拥知音，荡舟又唤鸥鹭。两岸山水入诗囊，不问归时路。

【翠奁】

翠奁老岁月，满头梨花开。只是不曾带雨，鱼尾铺额来。远了春宵事，对影独徘徊。

惜姿色，脂粉厚，蛾眉衰。樱唇再难惹，蜂蝶十里破空排。转头叮嘱女儿家，梳妆莫愁台。

【揽月光】

何凄凉？兰指一弹仍芬芳。且把蛾眉扬。情锁旧怨，愁惹新伤。泪珠儿梦里也汪洋。

女儿事，最宜丝竹揉西窗。红袖揽月光。米酒一杯，竹筷两双。溪水边金鳞衔霓裳。

【挽君臂】

正彩蝶戏柳，画舫弄波，夕阳云剪。挽君臂，踏歌行，影拖碧湖畔。却嗔诗词招惹，千里风尘，换得今日一面。

哪关性别，不问年龄，钗头凤里，且做陆游唐婉。对月互梳妆，临风理花钿。韵狂时，酒弹剑。谁人笑我，宁伤俗眼！

【凭云寄】

理黛眉，遥相忆。海河一抹苍茫，去岁登临，无君消息。簪花犹留一朵，凭云寄。涓涓流水女儿心，泊在诗词中，互赏俏丽。

不禁腮红，妆镜凝睇。焚香共此时，窗外月，影三叠，一叠我，一叠你，一叠遗天地。剪烛同嫁善良，笑政客，傻斗心计！

【阅遍沧桑】

阅遍沧桑，无酒不敢说疏狂。醒后，黛眉蹙，玉颈凉，残羹豪情两茫茫。识破英雄气短，剑锋难触宫墙。

小河边，断桥旁。撩起裙裾钓竿长。金鳞玉尾，个个似我，何人收取懒思量。波纹如縠锁冬阳。

【忆春梦】

几枝梅闲，东风共腰肢软。昨夜春梦与伊人，抖落此时、窗外春光一片。樱唇犹热，意恍惚，罗衾乱。

君是魔，何惹我激情不散？徘徊三千里，红豆连抛，目噙幽怨。菱花镜里脂粉湿，杯中惆怅满！

【卧花间】

卧花间。红黄紫乱翻。抖落霓虹千尺宽。扑面都是女儿色，姐是迎春，妹是杜鹃。布谷又是旧相识，鸣新韵、山那边。

记起当年。软语燕呢喃。临池梳洗罢，小酌偎青衫。双双樱唇颠。黛眉故嗔，秋波含烟。叹此时、东风依旧，断了丝弦。

【逐梦】

逐梦千里，漫天金麟如雨。裸玉肩，散云鬓，随风儿舒展胴体。阳光几米？世间污浊难洗。一把泪，三江情，独自把青莲高举！

【清秋辞】

秋高好填词，久违长裙衣。点绛唇，贺新郎，不如自己题。丹桂树下，且和影子依。

是菊花时节，叶水灵，蕊清奇。遍野好韵脚，入诗诗自迷。哪像易安姐，憔悴守东篱。

【秋风凉】

阅遍沧桑更沧桑，罗裙难敌秋风凉。那时节，满园花耀眼；今日竟，枝老荷瘦，一点赭黄。

默默无语拄杖去，山尽头，独举觞。又惹鸟儿，半空仓皇。烟笼深涧皆抑郁，与谁话夕阳！

【嫣然笑】

茫茫路，于无尊严处？体味女人，依然猫步。金簪银饰玉箍，鸾帐柳腰销骨。曼妙谁知，嫣然笑俗世，醉携群芳舞。

【盼蓬莱】

汴柳如烟，花次第。菊来收场，又是一年将去。鸾帐对影，白发频添，无计。竹管下、丹青卧佳人，蛾眉蹙秋雨。

不堪又惹相思句。并蒂莲终在画里。执意做伪娘，又谁懂我，遗恨长天铺千里。梦中狂吻，都寄蜂蝶，盼蓬莱春季。

【懒梳妆】

对晨懒梳妆，瑟瑟卧听冬雨。栏外一枝犹抱秋，檐下雀默默无语。叹荧屏伤心，争浮财、血光再起。

人生何意？千樽一梦里。遥想诸葛周郎，傻傻为、哪家江山斗气！栏外残菊冷否，雀可衔、阳光几缕？

【独对花语】

独对花语，残雪催花去。多少栏杆空倚愁，今年不似去年季。
我折君，玉瓶丽。何人折我，可有相思雨？偷掩红袖举杯泣。

【心自痴】

心自痴，不着一字泪先湿。红笺香浥残阳染，伯牙抚琴待子期。
心自痴，千醉谁能解相思？罗裳冷浸暮色暗，犹怜游子无冬衣！

【削俗发】

少时醉书豪杰，遇不平、拍案而起。傲霜尤把冰峰傲，卓然一枝独立。歌易安死亦鬼雄，吟东坡大江东去。

惊离骚，抚赤壁。老来仍、不食人间烟火，癫癫独自语。簪花便是伪娘，唤春又做杜宇。此生不了情，削俗发，入贫门，悯天地！

【入龙怀】辛卯除夕

龙须已触，入龙怀，与龙共舞。品尽沧桑惜日月，依依别玉兔。卅年巾帼醉反串，问谁人、知我心灵路？

布裙拖它千丈，不弯清贫傲骨。粉帐壮怀激烈，寒门伤情无数。扬蛾眉，踱莲步。抖落百里星辰，抛泪眼、还把弱者环顾！

【碧水间】

数蓬残荷碧水间，零落经年。春风不助春心度，夕阳摇落群峦。着裙尚早，朦肿影、遮了芳草连环。

知向谁边？大洋彼岸战火，乌托邦里烽烟。木鱼声声，偷觑红颜。伯牙纵把子期误，尚余流水高山。

【醉眼朦】相约中冰

梅花一夜胭脂红。又与君，拉手芳舍中。往事不堪忆，沧桑鬓间行。三杯后，双双醉眼朦。

匆匆忘银簪，身老难耐去岁风。只心儿、越洋万里早咚咚。还记否、那弯冷月送诗韵，多少情！

【凤眼醉】有赠一壶枫雨并花之蝶

枫叶上，听雨声，裙红映花红。鬓湿意迷乱，凤眼醉半睁。

蝶何去，林空蒙，情伤一壶中。津门漂泊苦，不见故人行。

【春分过】

紫燕衔泥春分过。云恹恹、雪花零星落。倦容懒洗，睡眼睁时愁眉锁。

天下脂粉，万千颜色。古今谁把情看破。貂裘香车，鼾声起异梦个个。

【水潺潺】赠诗友张红霞妹

懵懵懂懂便嫁，一样洞房，两般身价。情难诉时不梳妆，杏凋桃残泪雨下。龙凤本无缘，琴瑟终喑哑。

披衣东风乱，曲廊走诗画。本是画中人，无心自牵挂。抱月恨恨弄双影，水潺潺，浮萍踏。

【信无凭】

须眉都把女儿共，争闻燕语莺声。古用红笺，今托键盘视屏。一番缠绵音讯渺，伤了痴情，误了痴情。裙乱独披斜风。

诺言轻，信无凭，且把心事付秦筝。嫁与高山弄流水，千里弦奏大江东。温柔宁空抛，化为落英，陪葬浮萍。

【自述词】

行笔听音，抱韵醉舞。十载平仄自度。砚边月，纸上星，不走浮云步。

撷阴阳，酿奇香，烹玉露。瘦影曳我百丈裙，垂钓云烟里，一任谁人妒。

【更伤春】

怀春尽头更伤春。花溅泪，泪洗人。粉颈横斜小纱巾。遣愁无计，罗裙长短百变身。

终不把头低，断肠不过朱淑真。绞纤指，约艳词，闭重门。暮鸦惊梦，玉枕春深。

【夏曲】

杏月难尽花心事。又遣榴、簪上云头，凭风独自语。唇红努，灼灼漫天际。

琵琶疾洒相思雨。池边蛙鼓，丛中敲、更乱思绪。荒唐多少男人，醉卧谁梦里？

【凭谁唤】

自酿诗词三五杯，凭谁唤、不肯入宫闱。传闲情，聊旧事，花间酒送姐妹归。

潘杨两湖老，荣辱一风吹。玉带桥上，翠鸟啁啾柳絮飞。心静了，眉衔彩云肥。

【懒向浮名】

贺信纷沓案头满，不由心不乱。烫金书，洒金匾，尽授名家金冠冕。句句悄提示：经费赞助不可免。

东风儿，无处怨。何来扰我云鬓散？翰墨抛闲情，宣纸挥玉腕。宁嫁老酒陪狂徒，懒向浮名送媚眼！

【着新裙】

榴花薰，着新裙。楚宫腰细，香影曳云。忽羞赧，抿樱唇。

昨夜幽会东君，品欢娱，梦中春。不管天涯阻隔，相思深。

【空怀春】

白日放浪，梦里操心，究竟我是何人？虚荣叫，俗事压，遣愁还是酒杯亲。

谒罢李杜，又访苏辛，也曾遁入空门。不识油盐醋，却苦相思真。小姐身，丫鬟命，空怀春。

【茫茫雾】

袅娜自顾，渐觉无情诉。惶惑泥壶里，千杯尽，懒抬目。梦追何人，茫茫雾。

生活到底何物？莫非老庄，一语破万古？次第春秋来复去，流水落花终谢幕。

【东风软】人间反串

卅年人间反串。诗翘兰指柔，韵移东风软。文姬十八拍罢，泪抚薛涛诗笺。断肠词里梦淑真，钗头凤中约唐婉。才识得、无边女儿愁，人散情不散。

说乱，就乱，愿乱。恨男人、偏爱身外物；叹沙场、空余英雄剑。东邪西毒，怎知桃花怨？征伐杀戮一时荣，冤冤相报无时限。千古寂寞，都被深闺占！

【怕俗眼】

脂粉软，形容懒。秦筝听春鸟惆怅，花间词，说梦远。谁拢蛮腰寄相思，东风不度凤帐暖。

蹙蛾眉，敲银盏。纤指恍惚丹青散。彩带空抛，长裙任卷。纵是婵娟倾国色，菱花镜里怕俗眼！

【香阁吟】

世间无男女，雌雄又谁分？我扬冲天颅，一路拖地裙。峰顶巫山看罢，气吞万里云。

朱唇裂，粉颈老，不争春。画里蜂蝶，弦中风雨，秤上乾坤。红袖拂三江，铜壶煮昆仑！

【时光误】

飞花满眼留不住。披星起，琐事无数。新妆画罢，又入浮尘路。何事匆匆？血压频添谁人顾。

最宜清闲，却贪欲、总把时光误。键盘手机忙杀戮。高跟鞋，颠颠冲锋处。汴水扬波催征雾。

【秋光暗】

西风烈，秋光暗。隋堤十里，渺渺雁迹远。柴扉几缕沉香，黄花脉脉，都入旧时宫苑。

谁知别后惨淡。无聊梳妆，打发相思无限。皱纹多，玉脂减。连番斜雨，满案诗书更乱！

【沉香隐隐】

冥冥造就人间路。如梦汴梁，悲欢只向秋风诉。无关荣辱。枝头黄花凌霜舞。

我为丛中哪一枝？雪来频敲铮铮骨。绿裙残破，云髻凋零，沉香隐隐柴扉处。

【独理红妆】

斜雨敲窗，薄衾微凉。恍惚意，竟萦萦绕梁。念前事乱、后事托付无主，披长发倚栏，独理红妆。

终是伪娘。打坐花间撷蝶趣，只一瞬，便泪水汪洋。不屑男儿征杀，执团扇，挥别斗狠，又无计苍茫。

【雨夜辞】

疑是阳关曲，声声入，残梦里。揉皱芳心，念故人漂泊无据。风乍起，又推开西窗，惊魂霹雳。

应是误了花季。湘女泪，旬日泼洒千里。芭蕉冷否？桃花瘦损，念念总无计。灯影下，瑟瑟何去？

【说芳心】答友人寸草晨露

举头望，羡流云。不喜赤膊弄枪棒，偏爱与花说芳心。秃笔揉情老，纱裙觅知音。世间规矩，何属强人？我见弱者便跪拜，任他冠冕碰金樽。

步袅袅，影深深。狂歌荒唐泪涔涔。莞尔一笑千夫指，云中端坐钓波纹。挥竿金鳞去，酹酒半掩门。不舍汴梁三春柳，遍插秋菊傲霜魂。

【伏夜】

蝉翼轻裹玉脂凉。空调风婉转，妩媚才褪妆。枕边软语，不觉春心漾。浑忘十载路边女，兰指黑，丝弦揉哀伤。额上汗，滴滴注汪洋。

闻道雪崩南极，飓风益发嚣张。灾民百万哭上苍。眉紧蹙，电视关了，又嗔那人胡须长。蛇形翻绕，只惜此夜，不做窗外落花殇。

【姐妹吟】

都是飘萍，泪眼两叮咛。秋深处，醉抚落红。一任轻舟入远岫，云霞与潮平。

家事老，岁峥嵘，携手并肩行。纨扇挥鸥鹭，且去吧，日暮月又明。

【着裙乐】

裹一缕彩云，穿越古今。秦月照我小楼影，汉风梳我花精神。楚辞里梳妆临湘水，诗经中纺织对柴门。莲步荷塘老，蛮腰曲径深。

舒红袖，抿樱唇；弹兰指，举泥樽。纨扇扑蝶桂树下，醉卧山间听鸟吟。键盘敲抚慰，纸鹤飞灾民。最怕弯弓起，沙场又冤魂！

【水袖香软】

水袖香软，兰指半掩。长裙旋花丛，惊起蜂蝶一片。此离城郭十里，远俗眼。

秋虫亢奋，雁行啾晚。此番乐，倩影如梦招展。依偎青山碧水，归时懒。

【痛饮调】

是非荣辱都付酒，醉了扶着星星走。步写怀素狂，影摇三春柳。

金钗横插纨扇挥，潦倒菊丛凭风吼。知我者莫问，不知者住口。

【做娇娘】

环佩叮当，袖盈软香。腰摆春风杨柳，浑不似弱冠男郎。却月下、偷做娇娘。这心事无处诉，笛横朱唇，调引流水哀伤。

迷茫。问造物主，何处临界阴阳？行云瞬间变换五彩，人间何筑千古高墙？今夜且与窗花牵手，拾裙同赴洞房。是姐妹，也夫妻，更鸳鸯！

【散云髻】

夜来散云髻，晨起簪上头。妆镜凝雪脂，兰花翘指柔。帘外春深春又浅，女儿国里醉周游。

人间趣，谁能留？难抑最是性情，把酒桃林秋。此生只随女儿去，懒与诸葛论计谋。

【识东风】

东风岁岁度，何人识东风？古人词句翻遍，缝缀一浮名。空空。

我偏要，眯醉眼，妆花容；揽明月，入酒盅。品尽春天味，弄影夕阳红。凭他嘲骂声。

【生前趣】

醒来懒添唇红。日上三竿，恹恹欲睡中。敢是一宿醉，小楼里，多少刘伶？诗酒自古真性情。

不屑男儿雄风。乱点江山，可怜几人听。终悟生前趣，入荒诞，癫癫疯疯。招摇过市女流中。

【汴梁醉】答琳姐姐

颠颠莲步，跌醉秋风。揽姐姐玉臂，千杯执壶轻。初相见，却疑是，知三生。

当年女娲袖甩处，六百里春红。尔成龙泉仙子，疯妹妹、遗落汴梁城。从兹明月下、共舞轻盈。菊花裁霓裳，弄韵诗中行。

【听雨敲窗】

泪飞粉残，半醒半眠。抛风眼欲嗔，终不忍、惊扰枕边疲惫蓝衫。爱何深，一怒霹雳骤雨罢，便做雷鼾。

天下娘子真难。多少事、不敢言。怕惹起妒火，烧了姻缘。且呆呆独坐，轻吻髭唇，听雨敲窗檐。

【七夕】

揽我入怀中，软软秋风。恨鹊桥常断，红烛一年剪得、此时繁星。青丝编成白发，浊泪哑了莺声。

为何总匆匆？千古伤情。人间天上缘，朝朝暮暮煎熬，月老弯弓。双双鸳鸯剑起，削去夏和春冬！

【独蹒跚】

裤脚肥，绣鞋瘦。寒露独蹒跚，懵懂又重九。簪菊懒，无心登高，更怕霜降透。

城墙根，云依旧。却失童年趣，亦步亦趋首。恨人间，不待舒眉，又把蛾眉皱。

【自度春秋】

花甲愁倚花架。正春暮，簌簌花雨下。这红紫、又斜阳，伤心一试新罗帕。腮粉谁闻，柴门约了便嫁。

惊怕。纷乱人心，同锦被、异梦琼楼玉厦。与尔化蝶，统统都是神话。最宜自度春秋，傻傻不问冬夏！

【云漫卷】致令更兄

云漫卷。珠帘敲雨点。三巡罢，欲饮还休，醺醺看醉眼。坝头一约，卅年若即若离，思君意懒懒。

最恼那袭白裙，竟把半生偷转。疑前世，真将柔情欠？台上榴花正艳。只是缺了，一盆湘妃竹，寂寞长鬓相伴。

【枝头雀】

裙牵影，花两束。脉脉秋波里，双双对天诉。枝头雀，互梳羽，霞暗不知暮。

泪湿月，魂空舞。坠入情网里，相思一样苦。妆梳懒，眉凝蹙，帘卷千里路。

【惊天艳】

鬓上插云，云中销魂。惊天艳，谁敢比缤纷。把性别抛进江海，化为月一轮。凭波涛簇拥，与鸥鸟影子完婚。又袅袅婷婷沙滩上，舞青龙、不论春分秋分。

【洇红雨】

携我城墙洇红雨，聊胜数星孤寂。卧乱几蓬花，含泪轻轻理。

【着霓裳】

漫拢云鬟着霓裳，世间谁荒唐？酒醉初醒，对镜细打量。莞尔笑、芸芸众生，古来低眉事帝王。独不屑，性本狂。拈花上头，一样落落做娇娘。

咫尺人，天涯凉。不如檐外冰雪烈，为我熊熊酒千觞。踏歌诗词里，红袖撷芬芳。鳏寡沦落托青鸟，依旧赴西窗。择脂粉，抹唇香。蛮腰似少女，乌发凭添霜。

【写意词】

莲步踏疏狂，长裙裹荒唐。醉眼高扬。常叩大漠孤烟老，又揽洪波问苍茫。古来何事，总惹秋月凉?

且铺一纸黄。铁画银钩蓬莱筑，拜石米芾，随我逶迤逐夕阳。墨枯了，泪干了，鸿影东窗掠西窗!

【颠倒阴阳】致米芾

君拜石为丈，我嫁君做郎。巍巍铁塔，且当洞房。书痴煮墨下米，我裁白云为裳。生个儿，也叫癫狂。

问世间，谁荒唐?揽一朝冠已姓，集万诺祝安康。酒池里浴美女，令臣妾守纲常。何管我，颠倒阴阳?

（米芾，字元章，北宋书法家、画家、书画理论家，与蔡襄、苏轼、黄庭坚合称“宋四大家”。其个性怪异，举止癫狂，遇石称“兄”，膜拜不已，人称“米癫”）

【眉添雪】

睡眼惺忪。又是长夜，白发暗度云鬓中。情多无计谁托付，帘外东风。

万卷破，经诵穷，眉添雪，兀不通。焉知缘分在雌雄?鞋红裙白推门去，怕人惊。

【斑斑痕】中秋

西风乍乱，花容正伤神。龙亭湖畔独立，茫然不知菊丛深。斜阳衔云已退，对天际、蹙眉月一轮。三两只鸥鹭穿画舫，翅翼拍乱丝竹音。

旗袍如愁翻卷，双颊浊泪涔涔。古今走遍谁嫁娶，小楼空误千年春。芳龄正逢浩劫，万般情、无计说黄昏。青丝换了白发，心上斑斑痕。

【愁星光】

强搜佳句梦比忙，愁星光。韵脚姗姗魂慌张。
春秋乱折杂花戴，学梳妆。千夫笑骂佯装狂。

【胭脂暗】

一夜云鬓乱，股酸胭脂暗。裙湿沙软，鸭飞苇颤。
古今谁定凤鸾？餐得风雨雁知秋，茫茫无妖艳。

【春日】

染疾小阁楼，诗作胭脂药润喉。丽日忽觉精神爽，且裹金丝绸。草比软，花比柔。平生最怕品闲愁。杜鹃泡酒饮，迎春插上头。

【天马堂】

天马堂乃本人书斋名号。方寸之地，因有诗书画相伴，却也风光无限。自取芳名：天马堂夫人。

庭外一脉汪洋。云行浓淡，片片缀我霓裳。山岚起，梳理八百里缠绵，簪四野繁花，不如这、天马堂风光。

对镜日日三度梳妆。唇涂玫瑰紫，耳坠菊花黄。忽秋波黯淡，隐隐是，曾经青楼伤。且弄丝竹弦上醉，谁扶我、弯月当床。

【筑香丘】

最恨恁多愁，对屏无语泪暗流。天下互射英雄箭，伤了春，葬了秋。

且梳花冠，且荡兰舟，且随鸥鸟云中游。银河畔，筑香丘。

【媚眼抛】

反串做娇娘，风流小纱窗。媚眼只抛落魄客，诗酒里，斗疏狂。

命宿冥冥里，不知属阴阳。世间炎凉醉品罢，且留得，一枝香。

【蛾眉易损】暑日

欲捧怕污花颜色。况汗泥、又欺云袖破。纨扇无力竞相挥，昏昏仍、遗恨春来匆匆过。

即如重渡奈花落。蛾眉易损总萧瑟。泪打莲蓬情凄凄，风不动、高阳一轮天庭卧。

【玉镯箍腕】

醒时清高，醉里狂傲。举头望月，千里冷秋，踉跄汴京大道。街灯明，几处警车；高窗暗，一抹浪笑。

厌官场、不抛媚眼，任他仕途潦倒。玉镯箍腕，蛮腰十载袅袅。问谪仙太白，宫里弹剑，比比谁好？

【蛾眉送】

非有意，笔墨没情绪。任凭大鹏扶摇苍穹阔，蛾眉送，冷冷去。蠢蠢独与纸风流，不堪君俗句。

砚台尘封，独赏狼豪细。花钿戴，酥手洗，青龙举。剑光招来霞一缕。宣纸情，殷殷只待知己。

【桃花谢】

枝头纷纷辞春去，红雨翻、伤心句。沿堤十里，行云垂首浑不语。飞沙默默，高扬又落，筑新坟几许。蜂蝶翩翩，只不谙、离愁别绪。

素妆玄裙姐妹，竟一字排开，撒满身花絮。念念荷锄者，且将我、与君痴情续。忽雁鸣啁啾，把枯枝衔聚。荏苒流光，来年此身何寄？

【桃花诉】

青帝何妒？遣沙尘，污我园中路。容颜一日衰，斑驳横满树。粉萼淤紫，红唇锁雾。殉了袅娜身，碧池泪注。

催太急，谁做主？梨花杏花，也次第、落英无数。只默默、成黄土。恨牧童憨憨，竟不折一枝，空把春色误！

【吐春一枝】

半掩窗肥，半送风瘦，雪纷纷、横斜里吐春一枝。梅树前岁春栽，又还春、香透云堤。弯弯汴河冰已覆，犹忆岸边顽皮。

老来仍嘻嘻。红妆水袖舞冷月，拄杖打听花消息。宣纸上摘柳，宋词中吹笛，唾沫星里荡舟楫。琴弦弄春，惹得燕戏黄鹂。

【叹春】

桃花一季。芬芳留罢，便默默飘作红雨。泥知感恩，厮守田园，待来年痴情重忆。奈雾霾爱占高天，伤多少，行人赏春情绪。

无计。且闭粉楼，对妆镜、轻舒裙裾。任鸟儿窗外，喋喋乱语。浊酒对孤灯，杯中品失意。不信总无清风，将流光暗洗！

【银钩挑】读友人画

笔下春风度，方寸十万家。山岚笼，鸡鸣犬吠，陌上杜鹃花。一女帘卷修竹，多情似我，旗袍乱烟霞。

银钩挑，烟尘起，疾车马。欲追无计，胭脂雨，叩玉颊。琼楼曲廊锁寂寞，离别恨，一抹到天涯。

【怕相思】

怕相思，说相思。恍惚伊人妻。晨起梳妆盼青鸟，妆残抱月复寂寂。风动戏乌丝。

临海客，可有期。秋潮濯裙衣。忍负花间赐金簪，玉盏声声子规啼。白发浊泪滴。

【诺言轻】

软语天外风，网络诺言轻。女儿几番赋予，对梦一场空。徒增岁，愁暗生。霓裳挂泪，哀弦欲断曲廊东。

才北去，又南征。银票摞摞催眼红。谁令男儿发了疯？义字藏词典，情字水飘零。宾馆为家，随时剪裙醉霓虹。

【解千愁】

脱下青衫，又着玄裙，一步一娇羞。黄伞遮阳，粉纱披肩，花钿箍头。笑俗眼，觅轻松，享自由。

湖边半裸玉体，舟上轻舒莺喉。鸥鸟戏，东风柔。碧波十里，鱼追白云游。何须邀，三五友，酹金樽，解千愁。

【墨下唤春】

旧泪无痕，新泪何意？乱穿裙偏惹孤寂。相逢只看笑脸，何人管、梦里哭泣！描蛾眉，踏绣履，忘自己。诗书千卷翻遍，多是伤心句。

娇儿残，相思去。十载茫茫，时令难记。觅友三五醺醺醉，至亲相问忍忆？又是冬，无飞絮。墨下唤春，不知何处枝头、堪下笔！

【长舒蛾眉】

前缘误，何须今缘赎？满地葬千红，玉屑漫天舞。
风雨数炎凉，坦然落难处。长舒娥眉对浮云，卧听流水诉！

【叹花词】

花艳蝶纷纷，零落谁问津？终须自家去，泥垢埋芳魂。
泪一抔，酒一樽，愁云深。踯躅茫茫路，不见葬花人。

【怕春红】

几年未赏梅，懒问雪花开。折取闲愁一朵，郁郁鬓上栽。

欲觅放翁句，不敢断桥来。最怕春红零落，小楼独徘徊。

【懒懒芳径】

寻遍人间不敢爱，欲惹风流，又怕风流债。吴刚嫦娥蟾宫里，只把传说留万代。

无奈。春情锁玉带。玉带宽，愁容载。懒懒芳径，漠漠裙裾摆。蓦然手机声，心跳，那边又嗔怪。

【独舞】

水绕指尖柔。春悠悠，夏悠悠，情随悲欢荡孤舟。戛然止时，岁月白了头。非关巨石横空堵，却是弦断堪悲秋！曲千变，荷开榴谢花次第，眸里苍凉望瀛洲。

妆如旧，歌如旧，知音最难留。腰折三叠成弯弓，裙软却射谁家愁？古来明月缺又圆，凤钗青丝渐老，沈园残壁空留。且借余晖再弄影，绣楼听鸟啁啾！

【对秋】

黛眉两道，一弯清愁，对秋微怨。幸手机屏深，无聊自拍又删减。抚凝脂，耳坠空凉，垂青丝渐变。

读柳词，厌了浓愁，不忍再翻长卷。终是怕、秋光未老，夕阳暮色招归雁。且下高楼，高跟鞋影颤。

【泪凝结】

我着裙裾伤谁眼？半城鸦雀都乱。古今最是、难解他人怨。一寸寄托，三尺红绫，暂把忧愁鞭散。爱子绝症无计，这感觉、日日又与何人换？

欲借诗词弹剑。缚鸡手，几番举举瘫软。披发长啸，簌簌常使天地暗。悔伤了、林中翠鸟八万。泪凝结、十里斑竹，矮檐不栖旧时雁。

第六辑

燕娘燕娘

【好个中秋】

百事都懒，欲思无思绪。小院无聊蹙眉逐影，但凭瑟瑟秋雨。栏前久伫立。却恨林逋梅韵入了骨髓，摁不回，画卷里。

不语，更添忧郁。纵遗我长车，野茫茫，奔谁去？真想一念了了，又恐病儿流浪街头，何寄？艾香墙头氤氲，好个中秋，空添些、断肠句！

【梦中】

梦中醉采一筐诗，天涯遥遥谁期？无计消受寂寞，乱装束，杯空散云髻。

摩肩达贵冷眼向，青云处，浑不思。狂压太白，颠胜张旭，情比楚虞姬。

【催白发】

又是一年催白发。怜龟背竹冷，莲步移，空调下。昨夜无眠，今晨妆懒，手机尽是天涯话。

寂寞结疤。又怕闻爆竹，难消受，一惊一乍。独自三杯红酒，一杯父母，一杯燕娘，一杯欲说还怕。

【不折柳】

不折柳，怕伤春。低眉远远去，飘一缕孤魂。笔下千愁，横银簪，拢青丝，入白云。

冷月下，独自吟。茶品半盏又思君。前路陌，沟壑深。弦弄三叠阳关曲，泪涔涔。

【雁离索】

一梦千里总惊秋，翅悠悠，云悠悠。栖居芦花懒啁啾。欲追霓虹虹飞去，孤魂冷，孤影留。

紫喙频频理温柔，下船头，上枝头。红杏漫空碧水流。与君分袂云中散，点点泪，点点愁。

【孤雁吟】

闹市偶见，不识故人面。功名载愁，珠宝生怨，老来都做孤雁。少年豪兴付浊酒，竹榻几声慨叹。

竟为谁、神迷思乱？常令花间珠泪溅。婚姻家中冷，人情天涯淡。驿外乡音夹白发，又引心头一颤！

【残月冷】

杯杯锦绣词，离席便散。残月冷，满怀心绪又乱。对世人，不敢怨，不说怨，难说怨。步履踉跄，独把郁闷买断。梅香袭，只点点，也令泪老汴河畔。

十载未碰酥手，一朝梦惹红笺。家事苍凉，卧竹榻，无计夕阳云遮暗。最怕伤君圣洁，红尘谁浣？幸有浊酒异装陪，丹青未弃我，东风年年不曾懒。

【有寄令】

一

东风乱，思绪散。独立桥头，南北征帆都不见。
走也愁，留也愁。何处残月，送我窗前一片秋。

二

花溅泪，雨衔春。父母陵前，不知草色余几分？
多少事，付红尘。破空燕字，漫卷沧桑写伤心！

【梅雪】

飞雪迟疑嫁梅花，可是新家？春风不渡，旧绿天涯。空赢得、红烛守琵琶。

皑皑也，茫茫也，一枝怒燃犹遮、十里婚纱。千夜都是今夜，惶惶怕是负她！

【乱绪无数】

眉又蹙。雾霾茫茫无路。粉妆横钗云鬓，对镜空自误。消尽韶华，也只陪落花，黯然西陵墓。

不堪人催顺随，浊泪红笺暗诉。却揉作、乱绪无数。纵至亲也莫解，己欲乐，总是苦！

【燕三叠】

见君几度，黛眉幽怨诉。可知最伤情，圣诞花儿，廊前焚香几柱？

我无黄莺嘴儿，南国嘤嘤绕树。只把心事，呆呆诗中，暗记去时路。

放浪人，古今酸楚。弹剑跣足对月舞。不堪抑郁，总打听、馨香泥巢可驻？

【送君别】

一年几肠断，掐指伤心何算？送君南浦，与夕阳、山外移步颤颤。快乐可做霓虹，日日绕、潇湘竹畔庭院？

情字本是双刃剑。一边牵挂，一边幽怨。不堪夜长揉衾乱，孤酒只惹残灯暗。懂我心，早传鹅毛三万。

【雁来去】

月照六十秋。雁来去，千里啁啾。长天无痕，却堆满江愁。激越笙歌成旧事，篙空撑，难行舟。

悠悠。倩影梦中留。八百韵，葬花丘。为谁奔波，青丝不觉换白头。恍恍牵手丹桂下，泪流！

【汴河柳】读燕娘短信

青丝汴河柳，白发岭南云。步履愈重，烟渚泊愁深。小桥渔家歌声朗，踏踏尽是异乡音。

梦里常执手，独酹西陵坟。相望十载，雁字几行春？幸有诗书频互赠，千里共枕月一轮。

【念念令】

西风凝驻，雁迹欲觅无处。岁老枝头瘦，裙里冷暖自度。当年吟诗处，草正衰、路人焚香几炷？

【思念调】

圣贤书又被秋风翻乱。香袖累，无力再理线装残卷。窗外大雁缈迹，行云仍摆一字，可是思念？

思念。皱纹深了，玉容难留，泪眼相看泪眼。这妆镜也无奈，壁上空悬定情剑。圣贤书，难敌长夜漫漫！

【送君辞】

斜雨粉颈玉珰摇。尘未起，云半高。滩头千顷绿，雁啾声声遥。大河漠漠，孤帆一叶飘。

君又去，路迢迢。只留残梦日日憔。灯火次第上堤岸，裙垂百褶，影抛孤锚。

【秋词】

秋云肥，秋风吹。秋花陌上落向谁？前日归，昨日归，今日月落仍不归。拂晓笛吹无眠曲，红衣冷，惆怅堆。

秋潮涨，秋絮飞。秋雁长空茫然追。缘何喜，缘何怒，缘何敛翅霜相随。秦砖汉瓦知何处，衡阳路，暮云陪。

【月下探梅】

对梅无话，正曲廊下。燕影渺，抛来深冬，冷月一轮高挂。只暗香沉沉，泠泠韵，疑是去岁相思化。

动何情？白石姜老，石湖二曲吟犹怕。偏又弦乐隐隐，疏影横斜心头画。掩泪莫湿红绫，罢罢罢！

【燕娘吟】

十载茫茫，自难思量。况与燕娘南北天涯相望已十二年矣，个中滋味，常人谁解？

双影儿，当年乍品甜蜜。灵山寺前，堪问菩提曾记？逐波彩蝶，翻花翠鸟，不及秋波俏丽。老枝三匝斜阳，暖暖红线，悄将祝福初系。

几度春逝去。鸿雁岁岁伤心，烟波望断千里。残句，残句，搔短白发难续。浊酒频干，只影空慰自己。恨放荡，又女装，舟乱一湖汴水碧！

【苦迎春】

雪剑纷纷出鞘，搅乱漫漫严冬。雁字北移，柳上鹅黄正从容。空调暖懒百日，不及微微熏风。朱楼暗香踊跃，浑忘了、廊外梅挂残冰。

去岁已还旧历，今年再抚新筝。多少愁，多少怨，多少往事大江东。修篁呼唤杏红。蒸糕老妪，簪花小童，最念燕娘犹在，天涯飘零！

【恨别调】

总恨一别轻。雪落桃花夜，长亭短亭。燕在廊前软语，眼闭久，梦不成。

叮咛，再叮咛。圣贤难修行。悔时泪干，悔后又扑裙红。风卷多少悲情！

【念念情】

上元观灯误几许？岁岁春来，未尽春风意。鬓发添雪伤心，不是灞桥，为何落、灞桥冷雨？念念情，徒劳天涯牵挂，岸柳空抽絮。

合影龙亭曾忆？笑声融、残冰十里。红袖执壶拼将醉，栏外翠鸟妒忌！老了疯，对影舞，筝引西园趣。这一别，又抱薄衾，青灯听梦呓！

【咏叹令】

寒暑变换，累了人字雁。风雨无凭，年年孤鸿谁怜？

都争春色花泛滥。秋来守凄凉，独有霜菊一片。

【寻你天涯】

暗香一缕，飘忽何人情绪？袅袅升，徐徐落，寻你天涯，十载全无踪迹。草里，花里，诗里，歌里，纵横笛吹老，丝竹捻断，只平添、漫天乱云飞絮。

了无凭据。且借月光一曲。踏寒梅影，吐红杏春，裙下伤心步履。白石姜，三变柳，知否我心堪忆？如女，变女，是女，环佩叮当谁解，绵绵相思句！

【中秋夜】思燕娘又添新岁

今夜蟾宫万盏灯。累群星。六十二岁细掐指，雁栖家门几载，共赏月明？一任鬓发添雪，风寒老了梧桐。

念念皆成浊泪，坛空，杯空，梦空。愁千缕、唯愿君轻松。问世间何物，剪不断，逐水自飘零？桂香里，叹落红！

【对君时】

尽将抑郁掖红妆，一笑世荒唐。彤云难读梅花苦，朵朵淌悲凉。风不解、漫天心结乱卷；雪欲融，尽化料峭空忙。

呼米酿酒，却怕性烈；取石磨杵，恐失阳刚。披竹蓑？袒鬣肤？夺蟒袍？试霓裳？惴惴对君时，最宜懒思量。

【愁几许】

梳妆懒懒，倚栏数雁。秋走远时谁见？一声诺，白了头，痴痴读红笺千遍。只影朝焚香、暮许愿。

不堪说愁愁几许，环佩空敲芭蕉扇。约众友，遣寂寞，寂寞反成声声叹。梦也无聊，夜漫漫！

【燕子吟】

五旬形袅娜，千里衔春风。心两瓣，一瓣南国天际里，一瓣北国花丛中。瓣瓣总关情。

梅花魂，翻红傲雪；荷花韵，剪碧晶莹。纵有断肠事，不与别人听。云袖翩翩弹秋声。

刘文渊唱和

翠羽飞千娜，载得九边风。破梅瓣，袖笼香榭烟雨里，漫将心绪收拾中。错落杏花情。

相索魂，顽石覆雪；发新韵，林小月莹。一唱潇湘事，长滩剪浪听。今夜又道别离声。

楚燕唱和

遂林创《燕子吟》一词，文渊唱和，友情、亲情跃然纸上，读后不胜感慨，今再和之。

庭外花袅娜，枝头度春风。一瓣瓣，忽入少女岁月里，忽入漂泊驿站中。唏嘘几多情！

扶摇魂，云上摘雪；笔下韵，漫洒泪莹。留些沧桑事，分与知己听。梧桐细雨天籁声。

【情难还】

情难还。潇洒雪罢，无处不、泪涟涟。更雁叫、惹长空激情澎湃；归去时，巢惆怅、又是一年。

都想去，鲜花丛中缠绵。累了哭了倒了，余音绕谁？雕梁画栋不知，孤梦里、瑟瑟空弦。

【燕踪渺】

雪梅凋谢，杏接桃、次第云残。榴花正红，却恨暮雨连千里，令几径瘦竹，风中泪涟。

燕踪渺，带走春天。多情无处寄，欲折莲子，又怕伤、一湖碧蓝。无聊闹市花裙招摇，杨柳身、与影子缠绵。

【倍惜春】西陵基督教墓地探燕母

西陵谒罢倍惜春，燕啼年年犹可闻。荣辱生死推门外，蹙眉一怒是故人。

年年平安夜，几处感慈恩。深躬花垂泪，一掬寄远人！

【重访灵山】燕娘

曾为携手访灵山。秋风里，枫铺底色，红了潺潺流泉。莺歌起朱唇，舞并菩提树，雀儿穿枝回环。试系红线三匝，一梦不醒廿年。

谁堪？慈心拟比母子，双影分，骨相连。风风雨雨，凝眸江波送孤帆。儿慵懒，软语千里催勤奋；儿颓废，苦心几度正衣冠。

六旬仍玉颜。却避蜂蝶，一袭白衣过岭南。银针十载医贫弱，艾滋村头赠花篮。与明月共皎洁，都市灯累，人儿未眠。

【又惊心】

一夜泪雨洗魂。晨梳懒，呆呆品君余音，依旧撕裂窗外云。手机响，又惊心、怕击碎往日温存。

少时月下，曲廊绕笑，苍苔仍留吻痕。恨何时丢了童真。浮名累我，应酬里、玉盏轻掷光阴。

【残花令】

枝头残花谁人泪？欲擦时，怕伤君守岁。

拚将寒意都化雪，何冷却，从前红窗味？

【最伤心】

醉把诗词当情书。忽男忽女，幻魔化妖，鞭云歌哭。醒来却与谁执手，西风残阳狂徒。

浑不怕、千夫乱点；最伤心、燕娘误读。且将痴韵葬荒冢，三亩地、一瓦屋，随灯明灭说有无。

【又逢诞】

又逢诞。掐掐指，尚余几日能算？赏花总误时，一路春风都乱。欲破空长啸，怕惊了、离群孤雁。搔首躲红楼，惴惴脂粉涂遍。

友朋多，浮云散。倚栏偷窥旧相识，相携竞赴豪门宴。六旬已度，愈发是非难辨。街头黄毛小儿，弹弓引、翠鸟惊飞一片。

【潇潇雨】

夜半惊起，窗外潇潇雨。蓦然全无睡意。叹方才情景：君灯下含泪，玉笺横铺，呢喃软语。

醒来知是梦，一怀幽怨，化作空中飘絮。离别长，相见短，易散难聚。世间谁人懂，凄凉句？

【凭愁裹】

燕娘一去十载，独看云起云落。参禅学道，终是难遣寂寞。方知晓、酒泡刘伶；才懂得、阮籍醉裸。夜深灯渐熄，冷躯凭愁裹。

千种风情，牵挂最怕招惹。心门对异性，早上重重锁。长裙临风悲鸣，长醉杯煮月色。待桂花又开时，与影丛中卧。

【梦还春】

东风有梦花无弦。听尽是、野老河畔话英贤。不知女儿泪滔滔，网收冷月一弯。

雎鸠关关，云飞草闲。燕归来又去，稻菽黄时衣带宽。谁与把盏醉，醉里开颜！

【忆春梦】

几枝梅绽。东风共，腰肢软。昨夜梦托与燕娘，抖落此时、窗外春光一片。铺宣纸，墨泼情，浓愁散。

【凤尾裙飘】

晚凉又几许。正暮春、凤尾裙飘美人泪，滴落残阳如洗。岁月不堪总说老，疲惫身，软软依偎旧歌里。

兰指下，键盘急，恰似那晚插干花，惹得满天星雨。眉忽蹙、君可记与？千里云帆何时到，再重温、红豆曲。

【伤知音】

文字苍白处，欲诉总是无眠。拼将华发搔无影，一字也难全。最伤知音误解，披衣推窗长啸，闷酒独饮三千。

浊泪拭，脂粉残。问情竟为何物？换取憔悴颜！愁似大江流水，惊涛崩云裂岸，又乱我心弦。

【愁卧蛾眉】

斜雨寒窗，满目叶黄。帘卷哪堪虫鸣苦，梳妆镜里，愁卧蛾眉自打量。酒一壶，箸两双。

不见燕娘，偷做娇娘。十年寻觅两茫茫。舟独行，云海瘦，泪汪洋。箫声幽咽越女墙！

【独饮罢】

思深无语。信柳词千古佳句？独饮罢、泪如雨。愧为一世青衫客，情柔堪比杨柳絮。月探头，窗帏一遮没情绪。

魂儿何所寄，尽随燕南去。懒会友、懒读书，守孤寂。癫狂红妆裹，谁解其中意？人憔悴，挥笔乱涂皆残迹。

【游春】

裙儿百褶束腰。额上柳叶，对湖水轻描。三月未尽，踏青女、春心摇。

牡丹红了曲廊，斜雨湿了芭蕉。燕衔新泥，正筑去岁巢。我身何处，唇咽玉箫。

【难思量】

难思量，秋惹岁岁断肠。桂花开，愁落满眼，凭他家家采香。雁远去，留我孤影；啁啾处，人字两行。打探消息，频托白云，城头痴痴读夕阳。尤不堪，夜钟秒慢，声声敲凄凉。

念从前，诗中蹙眉，故作惆怅。弄春几瓣，折秋几枝，紫毫浪漫宣纸狂。携手游，青山脚下，处处吻芬芳。却如今，各自奔波，海天茫茫！

【高楼独坐】

烦烦、骂秋来仍热，举步汗雨。百事无心，高楼独坐，下笔难语。掐指算、到伊人归期。七百天、唯添憔悴，枕边翻检记忆。

抑郁。情最难惹，无端泪落，装束不由自己。笑我张扬，懒被俗管，孤独自做男女。凭谁伤、百痛也无悔；哪堪君冷落，韵老夕阳句。

【念久长】

又是秋来，雁啾尽惹伤心句。云色暗、风撩衫冷，不堪愁绪。携友济源行，歌一路、独我眉蹙妒忌。愚公村、品山醉酒，野菜煎诗，也难遣，这忧郁。

十载思念，岂止在梦里！执手处、裙铺浪漫，枕花窃语。一朝离别，天涯远、憔悴留与自己。说无聊、口衔木讷，数残星，探消息。

【怅孤鸿】

天涯那边泣声声，劝君忍泪已先盈。千般叮嘱都忘却，何惹长空怅孤鸿。

情欲诉，怕伤情，呆呆不动容。道声再见，兀自肠断，闷酒几盅。

【燕娘思】

思千重，逐云去，呆呆难写一字。此时茫茫两孤望，最苦迢迢万里。昨夜与君梦相逢，醒来后，恨鸡啼。

纵有锦书也难寄。念牵挂，恐累你；渺音讯，心孤寂。人在天涯终是客，莫忍受，冷眼欺。青丝早乱成白发，再蓄两年，待娘亲手理。

【贺生日】

中秋节也是燕娘生日，每当此时，只有痴望明月，向远在异国他乡的她默默送上祝福。

欲致问候，须借他乡秋月。泪水潸然，口未语凝噎。天各一方，风冷难为君衾掖，此时冷冷青灯，伴我无边长夜。

天涯那边，贺生日、声声不绝。秉烛弹冠，蛋糕似雪。谁人替我，举眉三杯琼液？再拥尔、独占花开时节。

【芬芳仍】

山歌唱得花千束，翩翩入云雾。岭南身，天涯路。

已是春秋六十度，谁堪比朝露？芬芳仍，岁深处。

【苦熬春】

一去天涯远。嘱行云，捎爱怜。切切莫、苦熬春，与友常约大江畔。抱枝菊易老，碧雪惹，梅方艳。

情中依偎长知暖。谁说说去，暮垂夜色浑不见。女人累，寂寞守千载，回眸都做浮云散。

【数残更】

醒来思念切，青灯开复灭。无限寂寥，数残更，听长夜。诗得几行苦，浊眼痴痴空对月。

又到中秋情难写。相约何人？别家圆，我独缺。风过阵阵寒，最怜蝉声咽。

【伊人远】

烈酒酿诗，大醉都怨伊人远。我本性放浪，对俗世懒睁老眼。红颜共君，归期掐指难算。

月上柳梢，唯觉长夜漫。众生心窄，春秋多误，花娇都想独占。今宵悟时，人憔悴，枯灯两盏。

【独呆痴】

大雪暗梅枝，把盏西南云脚低。此时何时思念时。心做贺礼无处送，数遍千门都不是，独呆痴！

【信令】

纸上风打泪痕残，笔下激情起。千番写尽犹不足，茫茫万里托风雨。

也曾见马夫，独对马槽窃窃语。缘是寂寞无处诉，絮絮叨叨说与己。

【燕子归】

叹举杯，难咽下，那人泪。正春风暖，燕子归来，满席却是，伤别滋味。

天涯几载漂泊，皱纹爬上蛾眉，裙衫也添憔悴。牵手未暖，征期又迫，聚了散，情最累。

【乱发调】

一蓬乱发，与何人醉？脂粉残，不知镜里月光如水。兰花指弹处，筝弦上，一剪梅垂泪。

许是无端，偏做了半晌魔鬼。心在天涯，说孤独难启樱嘴。纵千般放荡，仍觉无味。

【思念曲】

秋风凉，秋雨狂。天涯此时两感伤。苦念十载何日尽，怕思量，又思量。

秋叶落，秋草黄。枕梦难寐桂摇窗。似闻燕娘絮絮语，欲细听，却迷茫。

【流水东】

杯碰月有声，不禁泪盈。一十七年过去，南北双双伶仃。月未老，人弯弓。恣意放纵遣闲愁，却如今、不敢对镜抹唇红。

又添岁，溯梦行。情歌一路鸣百灵。紫裙旋晨曦，葱指招霓虹。我挥阔臂青春劲，君点玉足掌上轻。一醉小桥流水东。

【悠悠令】

悠悠。空自愁。上眉头，下心头。怕上高楼，又上高楼。凭栏遍寻不见，骤雨初收。

当年性比烈马，谁驯服，缰绳十载穿鼻喉。送情千江水，觅影一叶舟。不问春秋。

【随菊瘦】

施了粉黛，扬眉也做剑鸣声。随菊瘦，痴痴雨敲金池风。任玉颜霜点，浊酒醉饮三更。

倚春牡丹雍容。倾国蜂拥。又有谁，真格枝下碧血凝？我宁抱秋死，与君独舞汴京！

【雁单飞】

千里雁单飞，寂寞影相随。十年望断衡阳路，春草瘦，秋云肥。月光惊梦儿回回。

怕饮清秋酒，花开知属谁？听碎阳关湿床帏。湿床帏，梦空陪。江边独坐又举杯！

【也写雁南飞】

雁南飞，雁南飞。雁啼声声惹情醉。缘何醉，缘何醉，情到深处心儿碎。心儿碎，心儿碎，逐云千里不后悔。

雁南飞，雁南飞。呢喃软语透窗帷。透窗帷，透窗帷，千里之外依然追。依然追，依然追，追到天涯骨成灰。

【酹忧郁】

微信传来，满满情绪。惆怅抬首长空，流云万象，竟未成一句。山涧湍，飞鸟疾，更大江滚滚，都来索意。

无力。只拼将孤影萦梦，三百又六五，绕梁不去。任蜂蝶恋，春花催，秋波绕，化重门深闭。千尊酹忧郁！

【两茫茫】

红烛喜，何泪长？也知千山万水，十载两茫茫。今夜不看十五月，独擎一支守寒窗。

添新岁，却凄凉。风也无语，默默倚粉墙。壁上龙泉尘封久，似常忆，旧时光。

【难成双】 腊八

莲子大枣争宠，沸腾锅香绕梁。扬眉喜时神黯然，少了瓷碗一只，竹筷一双。不禁泪，偷拭躲西窗。客来问，拢发堆笑又匆忙。

十载茫茫。梦里潇湘。春远常忆桃红杏黄。软语百里，歌歇舞起，诗推双影追晨阳。一别如雷击，不敢说凄凉。这碗筷，难成双。

第七辑 岁月如钩

【忧世间】

荧屏上，百病丛起。惹浓愁，终日不下眉宇。满桌佳肴任香飘，竹筷迟迟未敢举。

菱花镜前，银鬓怕梳理。邻家阿妹，正芳华，饮污水染毒年许。叹蓝天失色，顿泪飞如雨。

【卧瑶台】

不收拾，懒安排。是非荣辱一梦哉。凌云万里骑黄鹤，发披虹，月拢怀。踏歌江渚上，一醉卧瑶台。

醒时忽见官场上，遑遑敛钱财。跪名跪利，千古好奴才。且揭乌纱捉螃蟹，蒸烂后，入民腮。

【酬友词】

应娄玉舟（约克侠）之邀，酬答网友古调新弹。

古调悠悠，一曲新弹。月如水，荡漾花容婵娟。千里外汴梁，醉此刻，丹青写意，众侠客剑与影旋。无香茗酬谢，托行云，捎些爱怜。

平湖落雁处，玉带桥挽，柳暗缠绵。龙亭打坐波光里，铁塔梳髻莲蓬前。八朝帝都，浩浩古韵，盛唐已约三贤。待百花丰满，宴请君与神仙！

【梦游调】

与书画家梁世奇、张翀醉后涂鸦。

跣足醉踏一方云，攀星去，蟾宫深。虬枝横斜银钩上，夜钓古今八万裙。披发砚边舞，梦游人间春。

【仙乐】赏中冰赠曲

中冰君欲返罗马尼亚，诸友为其饯行。席间获赠曲子一盘。赏之，大妙。

子规啼血破空，苍鹰振翅低旋。波衔风，帆揉弦。忽又万籁静寂后，百舸鸣炮出关山。长堤花翻浪，幽谷云裁衫。鸟翩翩，水潺潺，雨绵绵。

忽朦胧，泪潸潸。化作妖姬彩云间。白发挥魔杖，黄钟大吕播紫烟。莺翅黄，鹤衣玄。宋月下，车马辚辚影千千。凭长夜，挽师师姐蜂腰，吹台会三贤。

乍惊裂帛，一轮红日又高悬。湘女荡舟欸乃归，平湖湾、遗我银钿。梅做胭脂杏贴黄，玉笛声缠绵。散了罗裙花深处，馨香袅袅余音闲。题诗吟，胜神仙。

随君去，大洋边。千樽酒，不思还。似闻肖邦耳语，引桨弄碧泉。贝多芬匆匆越洋来，踏乐舞，引情弹。惊吉他崩云醉金发，又引得、萨克斯狂颠。仙乐无国界，抚古追今醉无眠。

【西风令】

谁懂西风？万千秀色浑不带，唯陪伴、夕阳红。忍怨夕阳无力，力已付、春光中！

【羡黄花】

对黄花，几多羡！揽霜雪，秋独占。裁西风为罗裙，举明月作团扇。东篱下一从化琼浆，竟醉倒骚客千万。

慨叹。不与春谋，任长空万里送南雁。飞羽挑吴钩，铁骨铸汉简。枝头一嫁便终身，长亭向晚处，惹痴痴汴水恋。

【秋辞】

瑶台检点西风，飒飒十万落英。荷锄人不见，远山一抹小楼红。

时令改，凉意生。残藕无语碧水中。翠袖欲挽悲情女，只把团扇撵流萤。

【菊花吟】

只盼霜露。裹我蛮腰，飒飒凭风醉舞。云是水袖，揽月轮、抖清辉满路。古筝百叠，散漫杨府天波，坠入龙亭高古。

又是重阳时节，金蕊盘头，卧听寒蝉蛙鼓。骚客悲秋，人间独不识、冷艳傲骨。纵是拟春，百花都闹，谁将沉香暗度！

【醉酒歌】

军旅诗人李保生先生乔迁，文友聚。酒至酣处，狂歌醉舞一回。

酒不惹人人惹酒。倒影癫狂，剑鸣三尺水袖。歌千曲，踏月自成池边柳。

古今文武多奴才，嫁了黄袍便走。赢得浮名太厚。今夜趣，天上才有。

【独行】

西池雨，琼林燕，都随浮云散。孑然青石路上行，今日菊花，不是去岁面。

忽忆少时张狂，老来依旧、一蓬白发乱。所幸薄了功名，晚霞深，酒旗招摇汴河岸。

【凤钗拔】

韵里沉迷，千古平仄谁定？窗外杨花，不识旧时芳径。飞絮涌湖，十里碧雪个性。

借春晓蒲团打坐，灌耳东坡豪兴。云巾扯，凤眼眯，凤钗拔，吐纳幽兰入仙境。

【玉箫咽】清明

伤情最是清明雨，铺作遍野黄花。乍暖还寒，彩裙飘处，两三羊角小丫。逝者堪念，纸钱一路撒天涯。

功与过、一抔荒沙；是与非、数声寒鸦。陌上玉箫空呜咽，鹧鸪影去，红杏又发。酒幌几处人家。

【叹古今】观无名者画

泼墨山水，浓淡多少性情。点画歌哭，栩栩都是性灵。欲挽红裙跣足入，又深恐、紫霞闭了门庭。群山逶迤，何时迎娶，尘世三江飘萍？

卷起又展画轴，几番番、心绪难平。砚边磨月谁知，湘管郁郁秋冬。泪水事，空把蛾眉染红。金钱只追瞒天客，叹古今，无知反欺无名！

【诗友至】

忽闻诗友至，理妆忙相迎。快活林中醉波凝。一语重，千杯轻。步未移，韵先成。何邀太白共酩酊？击节歌罢，庭院萤火明。

【少妇吟】

懒植庭前树，喜追他山云。昨夜梦，乱纷纷。红了玉腮，待问时、却道暖冬似个春。

隐私苦，无处诉，入眉深。总怕郎君藏美人。箱箧金钗多来路，倚栏呆呆，桨声隐隐牵了魂。

【少年友】

音早熟，相见茫然不忍睹。当年十万青丝，遽遽何因换雪颅？低眉欲问询，又恐惹、伤心处。英姿那时了得，竟引佳丽无数。

料是夜夜失眠，下为妻儿，上为父母。街市尚有歹人劫，事来官官自顾。幸有春风津门渡。与君欲醉一回，却道血管去岁堵。

【醉归】

不知归时路，踉跄云中步。别拉我，又是小树。扑蝶断桥下，红袖凌波舞。问水草，冷否？

转头谁家草堂，可是杜甫？唤小丫，叫你家爷，比比诗词歌赋。

最香还是泥土。深吻罢，涂满苍颊，泪簌簌。那守财奴，十载让俺守空闺，金钿银钗犹在，只把青丝误。

【说风流】酒醉酬友

秋云可记旧事，引踉跄、下高楼。迷离一抹烟花收。酒三坛，菜十味，闺蜜满席说风流。

昨夜星星点裙裾，君又宴，千金一掷买瀛洲。长街浩浩，女侠飒飒，柳絮诺诺争梳头。

【思春词】

豆蔻初香，那时倚墙难思量。觅草深处，思春偷试新装。笑木兰，竟引弯弓射天狼。罚戮何事？满目血色，遍野芳冢写凄凉。

今夜送君又是，生意场上催征忙。三十六计，堪解女人梦空茫？冷坠独摇翡翠，孤月再照绣房。去去去吧，天涯一别为情殇。

【又嫁了】

鬓上红云，苦苦数枝春。又嫁了，他是何人？草屋天窗瘦，十里山道，小车独轮。檐外莎草，一棱一惊心。

水滨。鹅最亲。裁梦缝茜裙。渔梭织网，情破时、谁补针？最恨旧时郎君，却误豪门。

【千千结】

梦卷珠帘人心渺，泪恁多、纸巾少。愁绪欲破千千结，无奈天又晓。

相怜同病翠枝嘤，香唇软、花间老。环佩相携三江尽，又恐鹭鸶扰。

【泪肥湘妃竹】

霓裳复布裙，浣纱汴水滨。轻舟来去，云烟淼，渔歌无故人。惆怅里青丝催白发，波光捣碎，点点荡无痕。

韶华几缕仅存？梦残处，泪花肥了湘妃竹，翠鸟不堪闻。最恨浮世，相思假，攒钱真。月下千曲，谁托掌上身？

【横笛白云边】

岸柳毵毵。横笛白云边。一袭长裙舒卷，斜风阵阵流年。曲子应是、平湖秋月，梅花三叠紫烟。

枝头黄鹂悠闲。也唱和，流水落花篇。后主事、不应有恨，谁人不改朱颜？荡舟去，茫茫云海间。

【眉上春】

榴花谢了，眉上春伤逝，携青丝次第秋深。覆雨翻云十载，不是枕边人。小女亭亭似我，对妆镜，依旧梳理天真。

岁岁凭吊冤魂。又无奈，上司权重，乌纱入青云。剪刀几次举起，和泪藏锦衾。警车朝暮呼啸，谁解忐忑心？

【无名花】

诗友令更家阳台上有花一盆，叶窄蕊白。问何花？答曰无名。

瘦叶堆素。几番流离，不知来时路。也忘季节，云天妆镜，自家装束。蜂蝶懒栖何妨，弯月作梳，依旧香如故。

岂恋沃土，只觅风流处。坦然对、古宫墙柳，同沐晨光夜露。最是少了浓愁，瓦盆乾坤，披风曼舞。

【谁之罪】

忧思老。是眉尖损，是鬓边雪，蹒跚一脸苦笑。走进岁月深处，千般皆非，只有山花俏。拄杖缓行，气咻咻，惊了宿鸟。

没花轿。情窦初开，偏学潮正闹。懵懂里，便将革命嫁了。浪漫唯余，一件军装，袖章臂上绕。误了半生，谁之罪？烟波渺。

【中秋乐】

又明月，丹桂香风烈。收拾疲惫阖家聚，霓虹桥下觅欢悦。蒲苇入云十里，鸟宿岸树长夜。

歌衔舞，游人醉，丝竹尽传蟾宫乐。天涯浪子，曲廊望断，星空明灭。苏词一首千载，谁解？

【中秋思】

读苍茫，自苍茫。岁如秋色黄。辉煌过后都是，一缕残阳。千古明月瞬间去，小桥东，流水忙。

恩怨谁主宰？浊酒春秋，酹不尽愁肠。沙场血雨，年年散作，双双雏燕又绕梁。情仍？情殇？

【烟霞垂雨】

呆呆欲说无语。醉了才有激情句。醒来方知，疯了便是自己。规矩多，效颦掬胸；舒心少，索性重门都闭。纤指作桨，黛眉作舟，杯酒中荡大河滔滔千里。烟霞垂雨。

忘形方能得意。云卷舒，何关春秋季！庭外曲廊菊花次第，却逊了人头点点如蝗，一个个影子簇拥争当经理。叹蜂蝶翩翩从流而去，茫茫不问所终，何如寒蝉抱枝独泣？

【欲壑深】

流放一夜叹息，流不尽、乱绪残梦满席。窗棂外，秋虫不知肃杀烈，依旧唧唧。青丝好，怎奈白发竞相欺。

美酒佳肴也多余。霓虹丽影，难敌感觉空虚。宝马香车坠欲壑，多少英雄走迷失。披衣望，霾掩星斗越发稀。

【梦中吟】

丛中披锦梦，鬓插巫山云。凌风去，大江看浮沉。炊烟飘摇锅底事，街头熙攘冬催春。堪笑沙场鼙鼓破，不掩明灭月一轮。

路边悄然落，疾疾敲柴门。阿婆孑然瘦骨，卧床呻吟。额头添多少，眉梢新纹。欲将环佩都付与，又恐贪官至，再添新恨深！

【留落红】冬日送友

蛩鸣何处？斜阳泠泠，无声青石路。天上云凝泻碎玉，惊心浮桥栖浓雾。十八弯，君行无酒幌，幸有次第梅燃树。

貂裘裹，小莲步，蛾眉蹙。三回首泪垂，一世情谁伫？秋风去时留落红，四野茫茫无人顾。舒心日、掐指细细数！

【字字娉婷】读《岩鸣录微》致任德平

满脸烟云，一卷情绪。拼将此生去。字字娉婷，非关青楼歌女。吐纳兰香，桂影腻处，懒散几丛瘦菊。最怜寒蝉抱枝鸣，倚栏陪、修竹泣。

无语。如水人儿，柔情一泻千里。漫天红笺易放飞，半点抚慰堪寄？只不舍，那日红裘君添暖，龙湖凭风任写意。舟移山黛，波剪斜雨。

【三月三】

三月三，放纸鸢。银线似雨，龙凤满天。抬眼忽如破空去，蟾宫千载又纳仙。白云配鞍，玉兔载我灵霄间。唇吐清香弥万里，环佩叮当鸣玉泉。

当年扬首杜鹃，低眉牡丹。扶春一路，醉游青山。何时起，叵耐攀折人贪欲，荒漠裸舞，嶙峋又上秃岩。葬花人，荷锄泪潸潸。诗家空余咏花篇。

【传花信】贺中华诗词创新研究会开封分会筹备

樱花谢了，牡丹正好。纸鸢飞，黄发垂髫漫跑。国甫国钦仙翁，传花信，古城四月诗情绕。清茶一杯说先贤，惊乱百代韵脚。

后主泪洗家国，东坡泼墨中秋，姜公弦引别调。一路词新，激昂春秋多少！沧海桑田，美哉创造。有侪辈，莫等后人哂笑！

【长相忆】

闲散邂逅一帘雨。数片肥红，摇曳初夏情绪。人如花开，最是芳龄莫记。小玉盏，吻樱唇，吐茗香几缕。

千古恩怨何来？曲廊呢喃燕语。枕淡泊入梦，绘眉梢俏丽。金镏一双指上约，还到那棵柳下，伞儿也是伴侣。

【茶品仙韵】

沏一壶神韵，袅袅香凝驻。闭目。两腋生风，欲与龙凤舞。是故友，是情人，是花引幽幽处。人间趣，黄山毛峰，君山银针，庐山云雾。更春酿碧螺，雨敲蒙山，结诗情无数。

何须说酒，不论今古。天下缘，都在茶马路。浩浩长江水，滚滚大河瀑，激荡这、杯中功夫。且卸下疲惫，且抛却冤仇，把盏禅心煮。再抚琴筝，鸣天籁、与神仙同住！

【知青咏叹】

那时个个花容。正东风里，邢燕子一鸣苍穹。八百英俊共佳丽，车马辚辚农场去，广阔天地论英雄。

大田里，蚂蟥惊；长堤上，戏冰凌。月下二胡伴古筝，晨起又闻铁镐声。四十年后，谁知白发一梦空！

【民间调】

昔日满街肠饿断，今时老幼恶家宴。鹅鸭牛羊激素喂，十岁汞中毒，三高压壮汉。老来补品堆满堂，浑身乏力懒睁眼。犬吠鸡鸣，忙服救心片。

奸商也发愁，绕钱团团转。山珍海味多赝品，真假难辨举箸叹。最傻是贪官，金屋藏娇，珠宝几百万。头顶乌纱怕风吹，梦绕警笛魂魄散！

【风默默】忆蛙鼓

错杂记忆里，四野次第鼙鼓声。俄尔水瘦，悲苦断续对蝉鸣。蒲苇无力护，远遁惧顽童。诉向东风风默默，鹰凄恻、扶云独自行。

商贾纷纷邀功。重施宫女粉黛，争做掌上轻。高楼摩天绘唐彩，车马喧嚣又纵横。花凋零。谁为鼓腮者，还桑麻十里，一湾安宁？

【叹春】

桃花一季。芬芳留罢，便默默飘作红雨。泥知感恩，厮守田园，待来年痴情重忆。奈雾霾爱占高天，伤多少，行人赏春情绪。

无计。且闭粉楼，对妆镜、轻舒裙裾。任鸟儿窗外，喋喋乱语。浊酒对孤灯，杯中品失意。不信总无清风，将流光暗洗！

【情最少】

情最少。物欲满世跑。御街匾额如云，只有风流渺渺。雁字年年，几笔将春横扫。

谁衔恨，谁悲歌，谁烦恼？贪了，吐了，唯余骨肉离散，肠断一家老小。炊烟徒自绕。

【迎春】

雪剑纷纷出鞘，搅乱漫漫严冬。燕子北移，柳上鹅黄正从容。空调暖懒百日，不及微微熏风。朱楼暗香踊跃，浑忘了、廊外梅挂残冰。

去岁已还旧历，今年再抚新筝。多少愁，多少怨，多少往事大江东。修篁呼唤桃红。蒸糕老妪，簪花小童，最念那人犹在，天涯打工！

【江中落花】

自飘零，最从容。一梦千年，随意咏叹月沉升。舟中曲，韵伶仃，陪我醺醺大潮中。忽有霹雳崩云裂，冷冷笑，倏然残阳挂半空。

滩头旋，卵石惊。沉浮已逾浪几重，波波都如弦揉筝。过客无意，江流存心，乱枝揽我垂泪听。岸在茫茫任谁觅，西风去，又东风！

【泪潸潸】

天地昏茫云半空，雨夹雪，是初冬。案头打坐，多少事，缥缈中。半信儒道佛，半逐孤影行。

最难解，天下情。寻花怕伤杨柳，西去又恐负东。泪潸潸，诗难成。撑伞别朱户，踉跄叩薄冰。

【暴雨】

阴重连绵几许，不似岭南云。歌哭笑骂泻积郁，奔雷辗转昼夜，草木无计汪洋深。

多少闲愁都醒，钗乱银发，酒倾金樽。何故恁些愤怒，年年东风里，不度落寞音。

【满目花伤】

大野满目花伤，几枝落、连番风雨。枉自坦荡，人间处处猜忌。顿足欲焚《三国》，又哪堪、荧屏眉飞演义。

抑郁。白发深、百年都付诡计。铜镜再抛秦淮，服了两岸鬼蜮。古来政客，为冠冕、何如青楼歌妓！

【变调词】

拔剑向天问规矩，谁遣雷电鞭风雨？千年性情吐不得，佯装憨厚斗心计。

横眉冷对千夫指，醉饮狂歌闹百席。牵手李白踏浪去，三山五岳无归期。

【女人累】

花前月下，揽我细腰，纤脚点水。笙歌软，玉体香，男儿醉。瞬间如梦，秋一季，几多蕊？

裙带增减为君眼，君眼移时暗抛泪。逐美女人苦，谁解女人累！

【野花州】

遍撷人间趣，鬓插一枝秋。枕月揽云自风流。梦也灿烂，夜夜流萤绕粉楼。与君携手去，吟诗野花州。

裙百变，酒润喉，风作舟。古木森森百鸟啾。左有鸳鸯谷，右有并蒂丘。会此神仙意，谁肯封王侯？

【诗韵流】

满室青衫花裙绕，玉盏频举金钗俏。诗韵流，壶骄傲。

酒烈不计佳肴少。也学太白，浮财散尽，街头潦倒。

【独立秃枝】

塔吊破空起，罗裙秋千，欲挽翠无几。红嘴黄鸟伤心语，独立秃枝谁人理？

黯然收思绪，低眉却又，少年花间忆。蛙鸣蛐闹秋夜里，湖波千点弄斜雨。

【乱洒芬芳】

室内暖洋洋，不见春光。花迷了季节，忘了三九，乱洒芬芳。小雪大雪都无雪，这世界性也变，都随人荒唐。

【花待何人】牡丹

春将暮。紫陌伤心，葬落红无数。洛水千载肥瘦，每至春来，仍将牡丹吩咐。却叫花待何人，唯余建安、一卷洛神赋。

叶重重凝碧，枝繁繁承露。乍来又要挥别，一腔愁绪，残蕊对月尽吐。韶光谢了暗香仍，这十里国色，未将风流辜负！

【拾趣五峰山】

雨后沐凉风，随意戏泥泞。忽惊云烟出远岫，猿掌拍成五青峰。卵石垒嶙峋，彩蝶凝丹青。泉水几汪鱼虾乱，蟒蛇隐隐觅无踪。

撒丫追锦鸡，扬手招黄蜂。虫蚁不识都市客，缘脚昂首裙衫行。画眉啼，知我乐；秋蝉鸣，抒我情。敢问诗仙太白老，君入浪漫第几重？

【七夕偶遇】

瑟瑟秋风。这心绪、凭凋零。经年沿着寂寞过，见君时、步履强作从容。举眉欲问家事，又低头绕行。

终是不吭。却默默、一路顾影蒙蒙。应谢细雨，洗却千般旧情。何掩风流？愈诉愈苦，最是无形。

【诗图腾】中国诗歌春晚

谁高举？诗图腾，烟波千里处，引满江花絮。激情越时空，纷纷落为惊人句。咏华章，歌盛世，哪朝堪比？贪官落马民扬眉，欣欣与昨天挥别，看蓝天一碧如洗。

中华儿女，都是炎黄后裔。丝竹溅五音，管调十二律。又性情翻飞，美韵随意。酹酒东风里。一笛向晚，百鸟与盘鼓齐鸣，声声入、烂漫春季！

【梦中来】

忽缠绵烟雨，忽波涌诡异；忽莲步凌虹古今穿行，忽立马横刀长吐沉郁；忽狂揽百花满袖奇香，忽潦倒街头衣衫褴褛。一夜残梦，直令我、歌罢又泣！

终是无语。拔钗散发对镜独立。半生浓抹，茕茕影随自己。为了谁，青丝模糊华发，浊酒空了再续。窗外蝉鸣，去岁也是这般情绪。都从梦中来，何去？

【又醉酒】

魏晋风，倾杯中。不问梅花心事，更不管、残云席卷冬匆匆。岸上客，隔世行。

舟荡远，斜阳红。糊糊涂涂度人生。酒坛半卧，一盏孤灯。韵起多少，又钟声。

【梦昆仑】

无缘上昆仑，不知仙人居。漫将彩裙裁云霞，载我长相思。十二楼，薰香衣。明月照，抚琴丝。满腹心事都做、红雨翻浪敲珠玑。

闲来袅袅影，岸边杨柳依。淡妆浓抹髻高绾，盈盈碧潭妻。危岩卧，丛中栖。秋虫鸣，黄莺啼。不问凡尘百事，何累霸王别姬？

【须尽欢】

性本爱风月。料理山水做洞房，秋餐尽、再掬冰雪。歌三叠、词千阕。

人间谁入真境界？伦理他人头上剑，这情字、圣贤难却。须尽欢、莫负夜！

【泰山调】

孤独。云海茫茫，欲觅天上奇峰，似有却无。这千仞、远了人间烟火；那轮日、任凭百唤不出。海鸥振翅脚下，只是倏忽。风瑟瑟，心突突。

人生最难读。险峻惊魂，又不屑平芜。小楼闭了世界，醉舞纵情，明月皓皓逊于明珠。拄杖攀阶，十八盘、惹老多少歌哭！

【千秋功业】读毛泽东诗词

西风烈，独立湘江，谁吟霜晨月？冰封万里巨笔疾，直令山河春光泻。梅擎铁骨铮铮，似青龙倚天，随心削三山五岳。惜一翁披蓑，苍髯垂，钓得几缕寒雪？

评说去，一任秋蝉凄切。东坡若知，中南海里，与君共酹不眠夜。恁多词，恁多情，恁多星辰明灭。都化作、千秋功业。我舞霓虹长天上，笑看鱼虾深潭跃！

【骋怀】

何故多闲愁？低眉折腰白了头。一抔虚荣，掩埋风流。荒冢深处始自由。

乘风谒白鸥，与鸥嬉戏小沙洲。彩云聚，碧水流。悠悠。无贵无贱欲何求！

【携落红】

我有心结与谁诉？茫茫尘世路。古佛青灯，不宜人人悟。穷经空皓首，何如凭风舞？几笔龙蛇寄情思，再抚哀弦惊玉柱。

字苍白，曲突兀，行云不解眉凝蹙。且化流水携落红，无意山岳凌绝处。

【凭此夜】

——与青岛子衿诗友把盏斋堂岛上。

把金秋付与，斋堂岛上，琅琊台畔。我踏海浪倾情醉舞，君遗秦筝余音八万。篝火煮明月，涛声弄弦管。凭此夜、可做名片：邀始皇帝，凌云赴欢宴。

渔火明灭，渔船逶迤，渔歌疾缓。诗韵也醺醺，扶摇入霄汉。星光卸了云妆，一洗群山黯淡。叹徐福、海天茫茫去处，恁多仇冤裂岸。

【再弈棋】

当年踏裙红，小桥东。芬芳一路，环佩叮咚。弈棋白云中。君抚长髯一蓬。千尊谈笑竞输赢。

都如黑白子，纵横罢、一场空。谁英雄？此时三杯垂首迷西东。君叹长髯稀，我笑蛮腰松。

【手机累】

九州瞬间眼底，古今弹指即通。更茫茫宇宙，低眉历历数流星。天河如自家池塘水，随时约、织女牛郎浴波中。

方寸间千年神话，又魔幻无所不能。时间被绑架，浑噩谁管红绿灯。近虚拟，远亲情。初心忘了，堪惊！

【落叶卷】

与谁同摘愁一片？秋风不问，只把落叶卷。无聊对镜欲补妆，浓云又使妆台暗。

情如江涛裂江岸。总是茫茫，跌破无人见。悠悠穿空弄秦筝，琴弦不忍惹哀怨。

【留清白】

放情难，敛情难，绝情更难。恰似江水滔滔揉哀弦。长风万里追黄鹤，回眸堪舍小家园？大雁已去霜雪裹，瑟瑟又待春回还。

春回还，春景迁，春向谁边？最是杨花临水常含冤。质本洁来还洁去，一任污水改容颜。飞絮沉浮随流去，却留清白在人间！

【金嗓播春】于同云先生

于同云，河南朗诵艺术家，现居郑州，视开封为第二家乡。

落花时节初见君。目如炬，银发深。促膝一席清茶，话愈近，疑故人。

儿时开封南关影，凭霜长精神。金嗓播春千里去，衣冠正，抖浮尘。

【日光融】

不冷西风。开窗日光融融。对镜扫眉睫，玉脂暗香生。微信昨约姐八个，菊花丛里访龙亭。高跟鞋傲紫伞轻。

六旬最从容。宠辱不惊。歌舞拾趣小酩酊。一笑纹铺鱼尾，天天好心情。夫君倚栏追喊，莫忘带上一卡通。

【送旧侣】

随意指点江山，古来多少少年？铜雀春深处，燕子声声来去，岁岁携愁无边。英雄梦，空改朱颜。

又是雪花抚我，一蓬苍鬓。步曲径，挥青袖，抱银弦。浊泪簌簌送旧侣，一曲阳关。知向谁边？

【国耻吟】写在公祭日

江山千万里，只对枭雄语。八十年前家国，一朝破碎，便卷恨如大江波难聚。长风似血，三十万冤魂，苍穹何去？

青史当记，后人当忆。梦里强我中华，遂使吴钩淬火，咆哮破天宇。金陵又是金色，雨花又飘花雨。

【斗鸡调】

呆呆炸羽时，风雷也屏息。忽如将军卸甲胄，赤膊张弓弦不移。瞬间袭三路，夕阳残片溅血滴。惨烈惊妇孺，夜来梦魂凄。

受了蹴，挨了饿，终被沙场驱。英雄泪，谁叹息？惴惴回眸思古今，一声笑里，蟋蟀锦匣灭八旗。

【咏春调】

一

小梅攀冰上女墙，探头觅春光。数枝横斜欲吐蕊，数枝开花狂。春风有意步放缓，只催大雪忙。不是无情惹，却怕春急落英伤。

二

观花会意，芳名从不记。扶孱弱枝条，总有伤春情绪。最是横斜叠金蕊，怕春早去，泪飞也做梨花雨。

春早，春迟，花肥，花瘦，谁堪比？竹管沧桑，且告诉我，如何不落伤心句！

【短棹行】

飞絮总惹心事乱，热风咒罢怕秋。短棹一湖寂寞，云低小汀州。一声长啸舒块垒，怕惊无辜沙鸥。

愁比浊酒谁恶，縠纹深浅行舟。十里红绿无情绪，酒幌横斜处，游人如蚁月如钩。箫咽隐隐竹楼。

【香客】

初一十五，香客城乡满路。拜佛谁去学篆文，一任古柏食烟苦。泪打黎明鸡啼，汗凝衣裙寒暑。叩首阶残，浑不知、花开何处。

长歌石像执着，镍币把愁分付。梦里功德，拼将青丝都误。路边荧屏刀枪乱，飞碟大战核武。物欲横流，总赢得、伤情无数！

【写意词】

人生写意时候。葬花总令翠鸟泣，骚客千古悲秋。却挽一江春水，浮萍簪发，蓬莱做我金瓯。醉时一鞭滂沱，醒来明月梳头。

唤屈子，携太白，裹彩绸。云车辚辚访九州。弹剑千山万壑，削去石阶三百，皇宫不使有王侯。梦滚滚，天际流。

【惊雷雨】

风软时节未惜春，忽惊雷雨打梦魂。悠悠万事伤心处，人不怨花花怨人。

霹雳去，推重门；鬓又老，池荷新。蝉抱蜓栖枝头泪，几处莺啼隐竹林。

【问神仙】老来乐

群山朝来朝拜，鸡犬殷勤相迎。插花几朵床头，梦里芬芳，随我周游万里程。夏赖芭蕉卫士，冬有梅花书童。满壁丹顶鹤舞，一卷不老松鸣。

金钱如纸，何累功名？昨夜雷雨入诗，万马回旋笔底，一鞭遣回天庭。问神仙，餐风饮露千仞，又逍遥几重？最喜孙儿顽皮，正花间、屏息捉蜓。

【铮铮任残缺】龟背竹

上我阳台上，凛然有竹节。碧绿共清风写意，叶片浑如削。可是为敌箭镞，孔千疮，远蜂蝶。

佳木无名分，蓬草同心结。棱角携一腔豪气，铮铮任残缺。我挥竹笔无计，久端详，抱恨别！

附

录

读宋词

齐遂林

一、少时喜宋词，知美；中年填宋词，习美；老来读宋词，悟美。喜怒哀乐于宋词间毕矣。可不知词谱、词牌，然心之贯通古今，然情之撼天动地，然山水花鸟之灵性，不可不知也。

闲时听花语，愁来对鸟鸣。

我本天籁韵，泼洒红尘中。

二、词家多用典，搭建了教授学者显摆的平台，苦了后学者，欣赏时必须具有一部中国通史的记忆功夫，否则动辄就得翻工具书。好端端一首词，留在记忆中的最初印象支离破碎，久久挥之不去。就像一首优美的歌曲，唱一句旁边就有人解释一句，又像外国人做报告，大家大眼瞪小眼瞅着翻译，知识性虽多，破坏了词本身特有的气韵，岂不味同嚼蜡？

落花无意惹秋愁，何遣顽石八千沟？

行者蹒跚沽酒去，未得佳酿已白头。

三、寄情，一咏三叹；写景，一波三折。彼此缠绕，浑然一体，方得妙处。“舞困榆钱自落，秋千外、绿水桥平”（秦观《满庭芳》）。榆钱、秋千、绿水、小桥，看似并列，其实由“舞困”“自落”统领，耐人寻味。直抒胸臆，也离不开景的贯穿，如骨肉，似鱼水。

思来楼头鸟啼伤，桨声起时水自狂。

披月妆点憔悴梦，泪下涔涔夏日凉。

四、“新月如钩”精妙，“新”对“残”而言；“弯月如钩”流俗，弯月不如钩岂成水桶乎？苏州拙政园有一步一景说，浪费词汇，对欣赏者和词家都是大忌。

春来花点睛，冰雪牧云开。

一枝出墙去，便有燕归来。

五、诗中自有道不得处，词亦然。“流水落花春去也”（李后主《浪淘沙令》），哀伤之情，难以尽述；“乱山何处觅行云？又是一钩新月照黄昏”（秦少游《南歌子》），断肠人叹，只令顿足。

我有心结花自伤，碧水惆怅云苍凉。

满卷韵脚皆兴叹，一只翠鸟懒出墙。

六、字呈形，意推气，气断则神断，无法复原，犹如树梢之于树根。再如怀素之狂草，以意推气，一气贯通，汪洋恣肆，不见补笔，堪称神品。宋词之名篇，历久弥新，细细玩味，莫不如此。

纤指一出知幽兰，欲挽红袖怕错弦。

莺飞草长春何在？满城香茗煮雨前。

七、有些词句，下笔便死，意泛泛，景空空，只能称为白话韵文。有些词句，或婉约，或豪壮；或凄美，或昂扬；或愁绝，或旷达。胸腾烟雨，如画胜画，直令歌哭。“空床卧听南窗雨，谁复挑灯夜补衣”（贺铸《鹧鸪天》）。“雨”，天泪还是人泪？“补衣”人又在何方？空床南窗雨中的不眠之夜，真真令人愁绝！

满纸情伤我不哭，直遣南窗雨入庐。

呢喃燕语新巢下，一弦玉柱哀老妇。

八、《全宋词鉴赏辞典》收录有无名氏词一首《鱼游春水》。据《能改斋漫录》记载：“政和中，一贵人使越州回，得词于古碑阴，无名无谱，不知何人作也。录以进御，命大晟府撰腔，因词中语，赐名《鱼游春水》。”

可见，宋词之所以能得以辉煌，与兼收并蓄不无关系。而时过千年，国人每每谈论吟诵宋词，仍然津津乐道于固定的词牌，似乎宋词成了一件不可改造的文物。其实，任何文学艺术都离不开发展创新，何况当今的生活更加丰富多彩，加之新诗、新词等的出现，使宋词可借鉴的艺术表现手法繁多，新时代应该有新宋词出现。

阊门百件金缕衣，犹闻黄鹂春来啼。

杨柳毵毵东风过，不拒云海推新霓。

九、由特定之景，引出特定之情，情悲则景悲，情喜则景喜。议论一经掺入，须有景之附丽，否则犹如说教，令人生厌。今人所填宋词，多有此等大忌。

一颦一笑皆惊心，芙蓉花下卧美人。

团扇应是流萤绕，月上枝头又思春。

十、辛弃疾今存词620多首，是继苏轼后的又一位豪放派大师，艺术手法颇多，敢于冲破音律限制，因而扩大了词的表现力。“豪放派大师”为后人所赐，与稼轩何干？而冲破音律限制，是其风骨使然。今人创作伊始，便自封流派，实乃本末倒置。

无根无叶无香韵，一夜绽放百花压。

玉笺片片行云意，留待艳阳葬天涯。

十一、当代大多数人已被普通话普及，普通话早已成为官方语，新韵犹如清代之《佩文韵府》。而一些词的爱好者，从一入手便投进平水韵的怀抱，在平仄中苦苦挣扎，倏忽数年，灵气渐失，昏昏然而不觉。对于平水韵，略知即可，聊做识别古韵的工具。宋词于今，一些词语本已古旧，同欣赏者产生了隔膜，加之古韵，又将初学者拒之千里之外。传承发展宋词，如无当代元素，如何创新？

清风不管哪朝秋，只把黄花缀枝头。

陌上词家酹新意，杯中何必尽王侯？

十二、借古人句，或称用典；摹古人意，几近抄袭。然一入宋词，填词之人十有八九变为后者。吴钩可佩，汉月可照，只不过借用装点罢了，切勿使自己的作品变成木乃伊。

风云岁岁常翻新，裁得几缕慰我魂。

高天冷月有时热，陌上农家汗涔涔。

十三、宋词多表现士大夫情思，鲜有民间疾苦的画面，从内容上讲，略逊于唐诗。除了将军们的征战贬谪使女人空守闺房、产生闺怨之外，很少弱者的呼声。

泥巢剑破鸟行疾，菜色小儿不入词。

遍野饿殍砌营垒，残阳如血泣马蹄。

十四、景之用词宜直，境之构造宜曲。以直写之景构曲写之境方为正道。周密《玉京秋》写独客悲秋，有“银床飘叶”、“采凉花”云。“银床”指白石砌成的井栏，“凉花”指芦叶，颇费揣测，疑为败笔。词之妙处在于构造“境曲”，不在于用词“景曲”，让人坠入五里云雾之中。然否？

枫叶知秋意，雾深老骥迷。

山岚淡淡影，最宜丹青奇。

十五、写景、造景不如化景。景已入心，随情思蔓延，适时抛出，收获自由意趣。宋末四大词人之一的蒋捷，深得其中三昧。在《梅花引》一词中，以情思为线，把阻雪之景片片拆开，如瓣瓣玫瑰花撒入米酒香汤，酿造出愁中俏丽。

花香无定处，点点随我心。

不与景凋谢，娉婷似情人。

十六、古人倚声填词，那时候是为了歌唱。到了今天，词已经失去了音乐的元素，和新诗、散文一样成了单纯的文学欣赏。今人依旧在填词，是对这种古老的文学体裁的一种由衷喜爱。对于宋词，我们继承的是什么？发展的是什么？值得大家深思。要创造一种和宋词相媲美的文学体裁，我们必须融入当代生活元素，如新声韵，以自然吐纳形成平仄等。纵观古今，没有一种文学艺术形式不随着时代的发展由鼎盛而式微，我们要营造属于我们时代的艺术星空。

四季常开适令花，嫣红姹紫照万家。

枝头明月情人约，方有相思话天涯。

读唐诗

齐遂林

一、李白有《横江词六首》，从不同角度描写了横江风波，字字摇撼，句句惊心。然一些评论家硬生生为其套上影射唐代官场险恶的帽子，扼杀了谪仙的才气，令人哭笑不得。

诗人之才气是一种本能的喷发，只不过比常人耀眼百倍，苦辣酸甜皆可成诗。若每一首都影射政治，那么面对皇帝设文字狱有何冤屈？

以政客的眼光剖析诗歌，诗人都成了官员的秘书。悲矣！

二、杜子美《曲江二首》有“穿花蛱蝶深深见，点水蜻蜓款款飞”句，为世人所称道。孙安邦云，“深深”字若无“穷”字，“款款”字若无“点”字……景外之景，不言而喻。

诗者，意为先。意好则能让人玩味其弦外之音。“穿花蛱蝶深深见”，平水韵标为平平平仄平平仄，但以今韵标注则是六连平。然又何伤其意？

三、杜甫称自己“晚岁渐于诗律细”，可见他晚岁之前的诗并非“诗律细”，但他的好诗并非全部出自晚岁。

当前的诗刊和一些网络征稿，动辄以“合律”要求，合律未必不好，但对于初学者无疑是一副重重的的镣铐。才气如脚，受之于自然，受之于天性。脚未发育成熟，镣铐先戴上了，这舞跳的可想而知。怪不得当代诗词大多是白话韵文和平仄游戏。

人间要的是好诗，而不仅仅是诗律。

四、李白的诗多是大写意，杜甫的诗多是小写意；李白的诗在天上，杜甫的诗在民间；李白的诗放荡不羁、呼天唤地、吐纳自如，杜甫的诗放而不狂、曲而守律、蹒蹒跚跚，自领一番风韵。

个性出诗人。而当代诗家，则多出于格律。殊不知格律之出，也要因时而破。唐诗虽好，缘何又有宋词？宋词虽好，缘何又有元曲？作而不创，躺在老祖宗怀中睡觉，暮之至矣！

五、诗宜空灵。岑参有“君去试看汾水上，白云犹似汉时秋”《虢州后庭送李判官使赴晋绛得秋字》，“白云犹似汉时秋”以唐时战乱比汉时辉煌，寄无限意；“庭树不知人去尽，春来还发旧时花”《山房春事二首·二》，“不知人去尽，还发旧时花”，似哂庭树太傻，实以美丽春景感叹物是人非，以乐景写哀情。

所谓空灵，即把实景写虚，让人产生无限联想。

六、我读唐诗，尤其叹服大师们营造的意境之妙，是一幅幅流动的画，是一朵朵流光溢彩的云，在画的那边，在云的深处，有思索，有爱恨，有追求。如韦应物的《滁州西涧》，涂抹出涧边的幽草、深树中鸣叫的黄鹂、急急涌来的潮和雨、野外的渡口、无人的小舟，以“怜”、“自”挥笔带出自己的情感色彩和对自由自在的向往，令人玩味无穷。

意境无境，追求无边，如品佳肴，何问佐料？佐料者，格律平仄也。

七、杜牧是晚唐著名诗人，与李商隐齐名，史上有“小李杜”之说。然就这样一位著名诗人，也未必字字珠玑。看这首《初冬夜饮》：淮阳多病偶求欢，客袖侵霜与烛盘。砌下梨花一堆雪，明年谁凭此栏杆？

写此诗时，作者被外放在睦州。客居他乡，前途未卜，心情抑郁，借酒浇愁。

然首句即用二典。“淮阳多病”指西汉淮阳刺史汲黯，诗中代指自己。“求欢”指饮酒，典出汉焦延寿《易林》：“酒为欢伯，除忧来乐。”用典并非不可以，要用在必用之处，以增诗之内涵，拓宽诗之意境。像如此滥用，既引导读者误读，又害了诗歌本身，实在不敢恭维。

再看“客袖侵霜与烛盘”，更恶。“袖侵霜与烛盘”晦涩，似乎在堆砌意境。“砌下梨花一堆雪”，梨花本来就指代雪，何须重复？

诗人有隐情时用曲笔、用典，不知杜公身在睦州，何须“淮阳”？不知诗人饮酒，何用“求欢”？

诗以空灵为魂。不知杜公描绘雪景，何来“梨花与雪”拳脚相加？

八、诗忌悬疑，更忌成谜。虽隔时空而依旧玲珑剔透，是谓珍品。悬疑多者，大抵为掉书袋所致，典多则压气，气滞则诗死。“离离原上草，一岁一枯荣”，只用气韵说话，真诗也。

九、施蛰存先生，作家、文学翻译家、学者，乃大家也。然而在评点温庭筠《湘宫人歌》时，也有看不懂的句子。先生不懂，我也不懂，不懂就是不懂。可悲的是，太多的评点是不懂装懂，结果丢的是自家的人。

《湘宫人歌》附录如下：池塘芳意湿，夜半东风起。生绿画罗屏，金壶贮春水。黄粉楚宫人，方飞玉刻鳞。娟娟照棋烛，不语两含嚬。

施蛰存先生称：“第六句不可解”。

十、即如晚唐，终还是李家江山，义山动辄拿玄宗、杨贵妃、宰相和宦官说事，倘若怕掉脑袋，其诗不曲才怪。曲者，大量用典、比兴以指桑骂槐，甚至连地名也以古代今，所以评论家称其诡异。

若今人一味继承，不是故作矫情，便是卖弄学问。诗者，空灵之水，润物无声，莫劳烦大家搬着文献赏读。

十一、诗中用典可增加内容的厚度，使意境拓宽。然典故须融化于诗中，借助形象呼之欲出，不可留刀砍斧凿之痕迹。典为史，诗为诗，典欲入诗，必与诗血脉相通。

欲布形云须借风，风流滚滚行云中。
八荒炸羽云开路，天下谁知风何容？

十二、黄巢有《菊花》诗：“待到秋来九月八，我花开后百花杀。

冲天香阵透长安，满城尽带黄金甲。”

池万兴先生评曰：“黄巢这首脍炙人口、突破平仄格律藩篱的《菊花》绝句……可说是前无古人的。”（见《全唐诗鉴赏辞典》1427页）

当然，池先生所说前无古人，不啻“突破平仄格律藩篱”，而是主要指诗的境界。然而也由此可见，诗之境界、格调自高，即使“突破平仄格律藩篱”，也是好诗。

兴之所至，情之所指，如窈窕淑女身上之曲线，不是标准正装所能束缚的。

十三、女人很讲究曲线美，这曲线美用到诗中，便会引起人们一咏三叹。杜荀鹤《春宫怨》（一作周朴）诗句：“早被婵娟误，欲妆临镜慵”，深得个中三昧。

美丽是女人盼望的，却说是被“误”；梳妆是女人必需的，但对着镜子，却提不起兴趣。这种欲行又止、欲说还休的写法，真真令人一咏三叹，颇似女人优美的曲线，起伏皆有韵致。

十四、晚唐无名诗人唐温如有诗《题龙阳县青草湖》：“西风吹老洞庭波，一夜湘君白发多。醉后不知天在水，满船清梦压星河。”

著名中国古代文史学家、教育家，南京大学教授程千帆先生对此诗十分推崇，称力压杜甫《宿青草湖》。

唐温如名不见经传，程老却直言唐此诗之成就超过了诗圣，足见其文人风骨。

古往今来，诗以官显，官以诗名，真正的民间大师难见天日，文学史难言清澈。试想，唐温如倘若官至宰相，《全唐诗》岂不要重新编纂？

十五、写“律”万首者，未必能写“诗”。因为诗太神秘，可催泪、能致狂、令销魂。

“青鸟衔葡萄，飞上金井栏。美人恐惊去，不敢卷帘看。”诗作者捧剑仆，是咸阳郭四郎的仆人，《全唐诗》录其诗三首，本诗即名曰《诗》。有评者说其诗是写生活中的瞬间美景，我看就是写“诗”这个灵感尤物，因其太美、太神秘（青鸟来自神话传说，形态优美，可幻化成人），以至于美人不敢卷帘欣赏，怕把“青鸟”惊飞。诗本身就是瞬间物，“青鸟”即诗人灵感，来到诗人心中时，不容外界一丝侵扰。

加之作者捧剑仆“尝以望水眺云为事，遭鞭棰，终不改”，可见其以诗自迷，故得其中三昧。

十六、像资深美女长期操练衣饰搭配一样，唐诗的格律堪称完备。单从律诗的对仗来说，就分为工对、宽对、流水对、交错对（古称“蹉对”）、借对、扇对等。论到技巧，更有正对、反对、异类对、逆挽对、当句对、双声叠韵对和叠字对等。

若沉溺于此，十年过后，一个伟大的文字匠很可能诞生。但“功夫在诗外”，只有具备深刻的人生感悟，才能让你对生活敏感，独有的气、势、意自生，格律技巧之使用如行云流水，当行则行，当止则至，当破则破。诗歌的灵性、韵味其实在文字之外，格律技巧不过是前人作品理论的总结。

十七、后人也实在聪明，把唐诗中不按格律写的，归为变体诗。于是崔颢的《黄鹤楼》、王维的《酌酒与裴迪》、李白的《静夜思》等榜上有名。连精于格律的杜甫，也耐不住寂寞，打破藩篱，留下了《月夜》、《白帝城最高楼》、《一百五日夜对月》等变体诗。

其实，真正的艺术不可复制。“醉后信手两三行，醒来却书书不得”，大书法家怀素深谙其中三昧。面对此时此刻此景，艺术创作要的是一瞬间的灵感。格律再好，终是衣饰，拿了赵飞燕的裙子，是穿不出杨贵妃风韵的。

十八、筝人失律，命便休矣。诗人失律，仍可得佳作，因为律只是诗的一种形式。人称诗鬼的李长吉，一头瘦驴伴诗囊，佳作颇多而律诗极少，窃以为是怕律压诗。近体诗之孤平拗救，是为了协律，是否筝音低了八度，再用一个高八度即可补救？气韵既已被平仄阻断，平仄便成了魔鬼，一脚踢开便是了。

十九、古人是先有作品，而后总结为理论。今人是先学习古人理论，而后照猫画虎敷衍成篇，只会仰视，不敢超越，其创造性自然大打折扣。比如被评为唐律第一的《黄鹤楼》，若崔颢老先生知道其作品被后人纳入“古风式律诗”，在九泉之下也会哑然一笑。

诗歌作品贵在创新，既不重复古人，也不重复自己，一颦一笑，一吐一纳，岂是古法能约束的？

汴梁骚客诗话

齐遂林

一、喜爱古诗词的朋友常为韵脚和平仄争得面红耳赤，若是研究古人的作品，值得嘉许，像刘心武先生为弄清通灵宝玉的来历，把女娲也请来为自己的结论佐证，原是治学的一种精神。但韵脚和平仄之于古诗词，只不过树叶之于大树，浪花之于大海，一根乌发之于云鬓。创作要的是作品独有的味道，要的是那种说不清道不明的灵韵，如行云之于风，飞舟之于湖，雷电之于雨。阅遍古今中外大师的精品，没有不留遗憾的。倒恰恰是那种遗憾，如西施捧心，若李白醉酒，似维纳斯断臂，平添了诸多魅力。

唯有留有遗憾的作品才可能打上自己的印记，才是真实的，才能具有生命力，因为这是人性本身的不完美所决定的。

飞雪偏与梨花似，风骨不同诗家知。

拟将梨花咏飞雪，老农哂笑君白痴。

二、性情若酒，任由什么瓶子装去。古风也罢，律诗绝句也罢，新体诗也罢，只求合适，不要跟风。因为形式是个靠不住的东西，像时装一样，你花了大价钱买了几套，一扭脸新的又冒了出来。今人买东西爱看正宗与否，爱看包装是否时髦，结果老是落入形式设的圈套，可叹！

前朝一烂瓦，今人当古董。

张旭对怀素，运笔各不同。

三、东坡有《鹧鸪天》词（也有说鲁直词，实误）：“西塞山前白鹭飞，桃花流水鳜鱼肥。朝廷尚觅玄贞子，何处如今更有诗。青箬笠，绿蓑衣。斜风细雨不须归。人间欲避风波险，一日风波十二时。”其中把唐代诗人张志和的《渔歌子》词全盘抄录，加若干句以成新词。所谓天下文章一大抄，难道大文豪苏东坡也干此营生？

非也。若加以比较，两首词一表现对自由生活的赞美，一表现对世间险恶的愤懑，意迥异。窃以为所谓抄者，即重复古人意，重复他人意，哪怕不着一字，也是为抄，而且对文坛对社会危害尤甚。

历代不乏江郎才，胸藏万点究可哀。

颦蹙都是他人墨，残羹千载谁端来？

四、画梅花，穿枝时要走“女子”，这是基本规则。倘若你每处必按规则行笔，作品必然失去灵性。这就像写律诗绝句一样，如果你老是怕别人嘲笑你不懂规矩，处处受平仄制约，不如去让机器人代笔，因为你是在作画、写诗，在捕捉艺术瞬间的灵性，而不是在写规则。

大千世界细微多，东风无奈花开合。

路到尽头别有径，沧海桑田费琢磨。

五、中国的新诗发展到今天，不过百年，但已形成专供欣赏的，专供朗诵的，还有欣赏和朗诵功能兼备的形体。而近体诗和诗词呢，堪称新诗的老祖宗，却还在平仄和古韵中兜圈子。殊不知古人是在吟唱，近体诗和词是依韵依声而写而填的；今人写诗作词大多只是为了欣赏，只是为了品味诗词独有的魅力。

自从诗和歌分离以后，格律中部分功能已经弱化和丧失。因而，当代诗词应该在还原自然、贴近自然上下功夫。

独立寒冬抬望眼，朔风万里冰凝川。

黄河故道今安在？陇上依旧下夕烟。

六、有些独特的感觉是固定的音韵平仄和格式束缚不得的 . 其实古人也明白这个道理 , 才以偷声、转调、减字等手法矫正 , 以挣脱对性情的束缚和压抑。忘掉武功 , 方能出神入化 ; 忘掉门派 , 才能打出迷踪拳。文学创作 ,“创” 才是第一位的 , 否则机器人便可代劳。

花开四时新，最难是画魂。

世间通灵物，戒律囚死人。

七、文字如山水花草一样，也是有灵性的。在诗词特定的意境中，它已脱离了词典，失去了固定的词性，变成了我们的主子，让我们或悲或喜。不要因了词典，把文字的灵性扼杀了，让它变成了僵尸。

朝裹旗袍夜披纱，千娇百媚入诗家。

点睛苍龙腾空起，又把瑞雪变梨花。

八、人都快中暑了，某君尚穿着西装打着领带。人问为何，答曰："此乃名牌也！"几岁的小毛孩拄着龙头拐杖，人问为何，答曰："俺家祖宗传下来的！"诗词亦然，无内在功力的人，只有靠外在的东西包装自己。时下拉票之风盛行，掌声也越来越廉价，一千元可买来一个著名诗人，一万元可买来一个名誉主席。悲哉！

商鞅变法被车裂，留下庸才炫祖宗。

农夫若知必笑问，春花秋月一般红？

九、草书的"帝"字，多用缠绕笔法，早先不解其意，后忽然悟得，哑然一笑：帝是所谓的龙种，黄袍上自然有龙缠绕；加之古训和先帝遗诏，如一重重的清规戒律缠身。书家写之自然要用缠绕笔法，明似抬举，暗含嘲弄。

由此想到诗词的平仄，学习者无奈，又怕行家笑话自己无知，便把鲜活的词语扼杀为声音僵死的符号，称之为"戴着镣铐跳舞"，去除了镣铐，傻子都知道轻松，莫非大自然也要低头于人为的"矮檐"？

皇上一日坐龙椅，枭雄纷纷裁蟒袍。

内外交困谁知累，行云窗外乐逍遥。

十、词有句秀、骨秀、神秀，王国维先生把李后主列为"神秀"的代表。我读李后主词，常有登梯扑云之感，似乎每一句自己都能写来，但词的整体合起来与后主一比，顿觉汗颜。何耶？神可悟而不可学，云可赏而不可捉。

欲扑云霓累纨扇。似可得，又不见。且将嗔怒裁羽衣，回风千里，落自家堤岸。

十一、人生最浅薄的理论，莫过于以形式凌驾于内容之上。一肚子委屈的女人对闺蜜说："看我老公多帅！"转脸就想去跳楼。小伙子甘愿为一位自称诗人的美女自杀，后来才知她的名号是买来的。

形式害死人，正如古诗词的某些法则，岂有千年不变的道理？有一种理论叫作"求正容变"，窃以为"变"才是"正"，"正"就在"变"中。

七种色彩宜写花，最贵不在帝王家。

适合性情仅一个，灵魂深处才有她。

十二、高手填词，咏之只觉无限韵味涌动，让你沉之醉之，痴之迷之，是一种立体的享受；俗手填词，让你只闻字音不见形象，如听快板，玩其音调而不觉其内容。家与匠的区别，貌似毫厘，其实差之千里。

是花还似非花，欲追远在天涯。

韵外灵秀何在，唯寻韵内奇葩。

十三、和谐社会，是登上高级文明的船票。而关注人性，描绘人性，则是诗人的责任。人与人之隔阂，缘于不能彼此宽容和理解，乃至产生了许许多多无聊的相互攻击和指责，国与国之间便产生了战争。不合你口味的食物，你可以不吃，但没有权利阻止它的存在。表现无助的人间苦涩，表现个性的生存空间，胜于高唱肤浅的政治赞歌。"诗三百"与唐诗宋词且懂这个道理，而我们为何不懂？

乞丐街头伤心句，朱门谱为盛世歌。

同是一样爷娘养，为何悲喜两折磨？

十四、"昔为倡家女，今为荡子妇。荡子行不归，空床难独守"（《古诗十九首·二》）。

这首诗，可以说够淫荡了。但王国维认为，之所以没有人认为淫荡，是因为其感情太真挚了。他还认为，诗词之病，不在于"淫"，而在于“游”。所谓“游”，即虚情假意。反观《诗经》“风”“雅”中的诗歌留传颇多，而“颂”却少为后人接受，我想也是“游”的成分太多的缘故。颂言多假，颂诗亦然。

血作残阳亦销魂，假借黄钟尽浮云。

媚眼真时不觉媚，关公刮骨应呻吟。

十五、王国维先生说：“社会上之习惯，杀许多之善人。文学上之习惯，杀许多之天才。”所谓“善人”，依我看，是以自己独立的思想和见解警醒于世者，故为当时的陈规所不容；所谓“天才”，即敢为天下先者，故为主流人士所不齿，而称为另类。秋瑾为百姓捐躯，百姓闹哄哄争食其人血馒头；莎士比亚是世界级戏剧大师，但生前无人肯出版其戏剧作品。

当今亦然。流俗如风，人们身在其中，享受着四季的冷暖轮回，重复着昨天的人生故事，这故事演绎成诗歌，只能是俗品诞生的婴儿。

春花欣欣向君子，君子不与春花同。

娇媚疑似淫荡者，可叹君子守俗名。

十六、钱钟书先生说：“少数文人在善造英雄的时势底下，能谈战略，能做政论，能上条陈，再不然能自认导师，劝告民众。这样多才多艺的人，是不该在文学里埋没的……文学必须毁灭，而文人却不妨奖励，奖励他们不要作文。”（钱钟书《写在人生边上·论文人》

读罢想笑，先生真是幽默大师。因为文学是文人的骨髓，掺和任何东西都会让文人的骨骼弯曲。那些“自认导师，劝告民众…多才多艺的人”可以去当政客，卖糖葫芦，做兽医。而真正的文人只用自己的作品说话。

高雅风尘两相宜，真诗无韵堪称奇。

性情比如百花宴，千杯万盏香不一。

十七、怀素《自叙帖》中许御史瑶云：“志在新奇无定则，古瘦漓骊半无墨。醉来信手两三行，醒后却书书不得。”不知这是否有无怀素借他人卖弄自己之嫌，但却道出了艺术的真谛，也道出了怀素书法艺术的真谛。艺术是有灵性的，所有的规则因时因景因情而变。时装秀秀的是时装，裸模秀的是人体，诗歌秀的是神韵。“巴蜀鬼才”魏明伦嘲笑赵忠祥的古体诗有违平仄，至于赵忠祥的古体诗本人无法恭维，但所谓“巴蜀鬼才”在我心中已大打折扣。“风”者无形，古风也是“风”。李白曾在巴山蜀水留下了许多名作，都是信手写来，按律诗评一律非诗，不知“巴蜀鬼才”会拿什么打上门去，骂李白个狗血喷头。

花色深浅依春秋，帝王龙船变扁舟。

诗词年轻谱死去，不废江河万古流。

十八、明张岱先生有《濮仲谦雕刻》一文，不过百余字。然字字如锤，敲我心扉。蓦然间令我穿越时空，披发跣足，直奔南京，欣欣然做仲谦先生门下客。

仲谦者，高士也。独出名利，而入性情。虽抱得雕刻绝技，但富贵可得而不追。如皓月一轮，阴风无奈，遂使芸芸俗人汗颜，也让我在孤独时觅得知己。想诗词界争占高枝者古往今来何其众也，看权贵脸色而惴惴攀附，活得实在可怜！

高雅由心发，不争龙凤名。

草木何轻佻，悲喜岁枯荣。

十九、李白狂，怀素狂，缘何？性也，酒也。你不让李白尽兴，他就“天子呼来不上船”；你让怀素做书，他就“醉来信手两三行，醒后却书书不得”。两人与酒，绝不是故作风雅，而是“骨醉”。“骨醉”即“性”。唯有“骨醉”，方能以个性阐释人生，以人生阐释艺术，以艺术阐释作品，这样的作品才不可复制。

行云本无形，一怒风雷惊。

神出鬼没者，匠人岂知踪？

二十、参观《色空不二》书法绘画艺术展，一位画家让我评价他的作品，我脱口而出："什么都是，又什么都不是。"画家疑惑。

其实，无论什么艺术，都在随着欣赏者的欣赏品位而变形。卑鄙、猥琐、高尚、深邃，同一件艺术品，在不同的欣赏者眼中，会有着不同的答案。《蒙娜丽莎的微笑》，嫖客说是调笑，商人说是奸笑，逃犯说是冷笑，儿童说是慈母的笑，谁说了算？伟大的作品必须经过历史的沉淀筛选。

当代艺术创作者的致命心理缺陷，即作品甫一问世，就想让全世界的人山呼万岁，于是急忙忙巴结权威，比如一些诗人频频与权威合影，让权威签名，送权威集子，甚至不惜重金买通权威。权威碍着面子，给了两句好话，此类诗人便飘飘然上了天上，以为自己可以青史留名了。可笑不？

雪落深浅鸿爪知，树借北风摇秃枝。

人间只观冬日韵，任它招摇何痴痴！

二十一、愚蠢的诗人有两个遮羞的方法：其一，借门派或名家唬人；其二，用祖宗的经典束缚他人和自己，在自家门头上挂上"正宗"的招牌，掩饰自己的无能，称所有创新者为"野狐禅"。这使我想到一代武学宗师李小龙，他师承咏春拳，却从不囿于流派的门户，也不借叶大师装点自己的门面，而是敢于跳出祖宗经典的束缚，博采众家之长，终于创立了名扬天下的截拳道。李小龙不是诗人，但他比那些死抱祖宗大腿的呆鸟聪明。

一路振翅花中取，酿蜜未必守虬枝。

敢向禅中讨深奥，别样滋味自家知。

二十二、"他的球并不好看，如果打好看了，输的一定是他"，王涛这样评价马琳打球的特点。

王涛的话一语中的。喜欢乒乓球的人都知道，马琳属于直拍打法，前三板和小球技术天下第一，但若中远台和横拍选手大打一场，肯定捞不到便宜，即如与同是直拍打法的王浩拉开架势，因其直拍横打技术不如人家，也肯定会落下风。缘何？以己之短对人之长。

诗歌亦然。擅长婉约抑或豪放，擅长写景抑或造景，擅长风花雪月抑或人生百相，是诗人的个性特点和天赋所决定的，只有诗人自己知道。盲目改变自己者傻，彻底放弃自己者愚，一直追逐时髦者蠢。

梅花三弄最销魂，东风只度懂春人。
茫然四顾心无定，秋霜撇下一荒坟。

二十三、太极拳的缠丝劲与狂草的缠绕法暗合。缠丝出“寸劲”，瞬间爆发出惊世骇俗的力量；缠绕出“飘逸”，字与字浑然一体。借太极拳的缠丝劲作书，则飘逸中隐含力量；以狂草的缠绕法练拳，必飘逸舒展，滔滔不绝。

诗词乃汲取天下万物灵性的艺术，其生命力并不来自于教科书和词谱，拳法、书法之道岂不可以借鉴乎？

移步莲蓬走凌波，缠风裹月姿婀娜。
一片柳叶一利刃，削与词家细琢磨。

二十四、词谱的作用在于古代艺伎依韵吟唱，而当今词家所填之词，多为供人欣赏，词谱的作用日渐式微，只不过提供一个词牌罢了。研究词谱和古韵，是专家学者为了保留这一份文化遗产，若词家仍在其束缚下亦步亦趋，自扎藩篱，我们的诗词如何能走向民间？如何能走近青少年？古已古亦，今正变古，唯古是尊，则永远追不上时代。毛泽东当年曾与郭沫若就诗歌的平仄押韵交流过看法，毛泽东的意见是：押大致的韵。我觉得很具前瞻性。

东风岁岁发春花，此花不是旧时花。
花开花谢寻常事，人间日日送晚霞。

二十五、围棋的技法固然多，如征子、倒扑、倒脱靴、胀死牛等，但我们绝不是为了展示技法而下围棋。如果序盘阶段围的占压倒性优势，明眼人一交手就自知不是对手而推枰认输。这就叫作《孙子兵法》上讲的围而不打屈人之兵，说明你具有极高的造诣。运用到诗词写作中，如果你用极简练的笔法就能营造意境、表情达意，就不要刻意复杂化，音韵、修辞等只是手段，切忌卖弄。大音希声，只有幼稚的人才会为卖弄学问而写作。

半点渲染意已奇，何劳泼墨纸全湿。

读眸早知明月照，伤春只采泪一滴。

二十六、读李后主的《相见欢》，最喜欢“剪不断，理还乱，是离愁”，他让我想到了自己的生计之苦，想到了人在矮檐下的无助与无奈，想到了流落天涯的游子。亡国之恨是李煜独有的，而“离愁”是人类共有的。描写抽象的“离愁”，词家的高明之处在于用了具象的“剪不断，理还乱”，让古往今来的读者浮想联翩。诗词贵在具象，失之抽象。

一片窗前月，遥祝家乡明。

空空诉愁怨，难寄游子声。

二十七、李清照、柳永、李煜等诗词大家笔下，很少见冷僻词语。缘何？冷僻词语影响营造意境。诗词的语言愈有张力、色彩、立体感，则愈有生命力。“问君能有几多愁，恰似一江春水向东流”，人的愁绪，春天的江水，向东流滔滔不绝，跃出纸面，直扑眼底，撞击心头，成为千古绝唱。营造情、景、人融为一体的意境，是那些冷僻词语力所不及的，因为它们使人缺乏共鸣感。

暮云载我思悠悠，一瓣菊花阅三秋。

山荒岩冷人罕至，可怜碧水空自流。

二十八、诗友孙富山是孙氏太极拳高手，据他讲，练拳入迷时，常能达到一种天地之间不知有我的境界，只剩下一股浩荡之气在茫茫太空游走。欣赏或创作好的诗词，我自己也有这种感觉。于是悟到：提炼出太极的浑圆之气，无论演绎出什么招式，都是太极境界。

诗词亦然。很多人仅仅囿于诗词现有的技法，而不知提炼“气”，是舍本逐末。八股文虽重章法，而今却仅剩下一堆朽骨。

天地混沌两茫茫，云奔风舞雷激昂。

神龙不知谁锁去，唯余鳞爪笼中狂。

二十九、道家的“天人合一”论，也是艺术创作的至高追求。打通内外，让我中有物，物中有我，我即物，物即我，风即我之呼吸，雨即我之流泪，雷即我之激情，电即我之魂灵。庄周梦蝶，焉知不是蝶梦庄周？

妆罢已是黛玉生，寻他蹒跚踏泪行。

莫怕路人抬俗眼，欲倾相思回大清。

三十、读近人陈匪石先生编著的《宋词举》，见研究者经常为词格之一字增损而大费心思，于是忽发感慨：古代名家打一喷嚏，后人也要量量长短，真真酸儒也！

词人作词，发乎瞬间之奇思妙想，过期灵感则烟消云散，一字增损，全在意之所遣。布之长短，何关尺子乎？

文友说遂林

写给遂林

王不夭

齐遂林，一位才华横溢、有着异装爱好的诗人。大概是2001年吧，我和他同室办公。曾经在我的个人网站《西窗夜话》上开办一个专页："遂林风采"。里边放了若干照片和他的一些诗作。他的诗词作品独具特色，影响广泛，许多作品都反映了他不俗不羁的人格魅力和张扬个性、释放自我的无畏精神。

人经常会出差错，
上帝也一样。
他本想仿照李清照再捏一个女诗人，
给当代诗坛添一道亮丽的风景，
但是他打盹儿了，
手上剩一点儿泥舍不得扔掉，
就让你身上多了一块儿。
上帝的错误是不容抗拒的。
但是你偏要跟他作对。
于是，就有那么多的灾难砸到你头上。
同时砸向你的还有：
吐沫汇成的巨浪，白眼凝成的山崩。
但你缩在镜片后的小眼睛全然不顾。
依然红妆，招摇过市。

（王不夭，作家，著有小说多部）

远看遂林

赵晓苏

认识遂林久矣，从某种意义上说，他曾是挡在我前面的孙山，他险些让我翻在命运的沟里，永远也别想再有机会爬出来，这事儿他恐怕至今也不知道。

20世纪80年代初期，我也曾舞文弄墨，拿着20多篇长短不齐的印刷品去敲报社的大门，被告之编辑部指标已满，刚刚进去的第93位就是齐遂林。但我突然又得知广告科尚缺一名画广告的，编外指标。出于对改变命运的渴望，应聘合格后我咬咬牙去了。后来见到了齐“孙山”，竟是一匹干姜瘦马，不久后，这瘦马又变成了长发飘飘的“十三钗”。遂林是一怪，社里社外都知道。在报上常常看到他的长短句和随笔，其文字和意境不能小觑，这瘦马跑在我前面也不为过。80年代后期，报社的乒乓球着实火了几年，遂林拿个厚海绵的红色球拍，仿佛挥舞一柄大刀，他恨不得把所有人斩于马下，可惜力不从心。他那种咬牙切齿的表情我还常常在另一个场合看到。遂林喝酒时是一条汉子，他敢和任何人叫板，伤了自尊时摔个酒瓶、掀个饭桌不算什么事。一次在总编室，他和一位同事发生口角，盛怒的遂林一拳砸在玻璃板上，那只高扬的鲜血淋淋的拳头吓傻了一圈人。遂林是性情中人，思维极易短路，从不按常理出牌。

短路的思维迸射火花，为文必奇。在古城沉沉的夜幕中，常有一束束火花闪烁，那当是遂林的文字在燃烧。

上周回开封，临走前去了一趟报社，见了一些朋友，其中便有遂林。由于欣科先送我《绝妙好词》，遂林送我《醉倚春风》时，我说：“净是让我看不懂的书。”我躺在火车上读《醉倚春风》，竟拿得起放不下，我被这本书深深感动了，我从代序中了解最真实的遂林，文字朴实而优美，尤其是担当的勇气。遂林的词，阳刚、婉约兼有，意境极佳，词语中透露出心灵的呼喊。这厮若早生一千年，欣科译注的《绝妙好词》里一定会给他放进七八页。遂林自幼有“小李白”之誉，其实他更像魏晋时代的嵇康，其傲视权贵、不拘小节和特立独行的性格如出一辙。遂林写诗缘自少年，但真正的杰作当是为情而发。我难以记得陆游的近万诗篇，但不会忘记他的“红酥手，黄縢酒”。若无情、无志，缺少心灵的真实感悟，任何技巧都难以打动读者的真心。由此看来，遂林曾经的凄苦人生和曲折的感情经历，正是他最可宝贵的精神财富和创作之源。

我曾经想把我画的布袋和尚遇鹅的画作题词送给他：“漫游从来不识途，问鹅可有好去处，淡泊于心，随意是路。”但遂林委实算不上淡泊，他是被激情推着走的人，遂林啊，不与鹅伍，愿随燕往。可喜的是，遂林无论走向哪里，都会以他“短路”的思维，不断创作出真情而精彩的诗篇。向前走，兄弟！

（赵晓苏，南方日报高级编辑，广东省文史馆馆员，中国美术家协会会员、广东省漫画学会副会长。1984年至1993年供职于开封日报）

苦命遂林

洋中冰

除了写作，遂林一无所有。

原想依着晓苏文字写篇近看遂林，无奈论空间我比晓苏距遂林更远，欧亚距离。不过说近也有道理，20世纪70年代末，开封没有电台、电视台、报纸，仅有《遍地红花》和一纸《工人文艺》，文坛刊物寂寂。我收到过遂林的稿件，他还在教书，随后同在报社，故为近。更近的是神交，有的人整日相守不见，有的人多日别离，见来如故，遂林属后者。不是彼此没差异，没长短，是心地略同，好恶近似.

说近的意思，是我深知遂林命苦，不论过去和现在，不论公事私事家事，好事多不光顾，倒霉事又不请自来。年初在开封有友人悄悄给我说，你知道遂林多苦？外表刚烈的他独吞了多少泪水，只有天知地知。其实在报社和文坛相处时，我和遂林不是不瞻前顾后，忧心忡忡，没用；天该塌照塌，地该陷照陷，小心谨慎，无补。或许正是如此，才令遂林原本骨子里的烈性更无所顾忌，我行我素，不爱武装爱红装。今天看来，这倒成就了遂林，生活的五味子给诗人不可多得的省悟，为人，识世事；为文，出奇章。你读遂林诗作，味道浓的，奇的，大多是身临其境，心历其途。

遂林悟性很高，诗感极好，出手特快，空灵透气，俗雅一身，最令我感动的是他坚持不懈，苦中作文，永不服输！

古体诗词，顶峰昨日，今人想比肩唐宋，难。去年10月，接遂林著书，一读，暗叫这小子了得，照此写下去，古诗词真还魂了。证据，是你读出了新意境，新词汇，新精神，新感悟，像今年他写出的“炊烟冒农家饱嗝”，我当时就击掌叫绝，绝在超雅，绝在超俗，俗到极处超雅，雅到极处还俗。多么平淡的日常语，让遂林活画出了朋友的泰然、淡然、坦然和自然。想想，唐诗宋词，家喻户晓，想叫人看了你写的诗词不烦，觉得新鲜，不别了老套能成？

话说回来，遂林还是命苦，揽了件苦差事，寥寥数字，写透生活，谈何容易！天降大任于斯人，在劫难逃，苦就苦吧，已经苦了几十年了，不妨再苦下去！倘如遂林的长短句能有更大的社会容量，笔头更深入市井生活，情感覆盖更广，那就苦得其所。

记住兄弟，好事与你无缘！

好在彼此都这把年纪，再不需要做给人看！

（洋中冰，罗马尼亚华裔诗人，著有《洋中冰自选诗集》等）

齐遂林：红妆摇曳男儿心（节选）

刘海永

今年8月在新浪开博，见到了很多旧友和前辈。其中就有齐先生。我进入他的博客（汴梁骚客），阅读里面的文章和图片见到另一种齐遂林。沉醉红妆，爱上婉约。并且我也看到了先生的率真与真我。在我看来，齐先生这种做法其实就是文学中的“男子作闺音”现象。

“男子作闺音”语出清人田同之《西圃词说》：“若词则男子而作闺音，其写景也，忽发离别之悲。咏物也，全寓弃捐之恨。无其事有其情，所谓情生于文也。”“男子作闺音”就是男性词拟作女音，诉闺情，写闺怨，表闺思。自《诗经》《楚辞》以来的中国古典文学创作中，“男子作闺音”是一个普遍而又特异的文学命题。如《诗经·硕人》描写卫夫人：“手如柔荑，肤如凝脂，领如蝤蛴，齿如瓠犀，螓首蛾眉。巧笑倩兮，美目盼兮。”屈原在《离骚》中有“众女嫉余之蛾眉兮，谣诼谓余以善淫”。因为我有“蛾眉”这样的美丽，那些女孩子就嫉妒我。屈原不是女子，屈原也没有蛾眉，但是屈原自比为女子。汉魏乐府中的《有所思》《上邪》，齐梁宫体诗……到了唐宋，随着词的发展，原本微不足道的女人形象，俨然成为词体的主要内容。《花间集》温庭筠的《更漏子》就是其中一个代表：“星斗稀钟鼓歇，帘外晓莺残月。兰露重，柳风斜，满庭堆落花。虚阁上，倚栏望还似去年惆怅。春欲暮，思无穷，旧欢如梦中。”下阙触及女主人公的内心“虚阁上”，因房子大而空才会有虚的感觉，房子的空无又引发了心情的空虚。当倚栏遥望时，无限情事盘旋在波涛滚滚的内心：年复一年，在希望中等待，在等待中失望，可良人还没有返乡，漫长的孤处消耗了一去不复返的青春年华。她内心充满“惟草木之零落兮，恐美人之迟暮”的忧虑和“悔叫夫婿觅封侯”的懊悔，也不乏“悔当初，不把雕鞍锁”的懊恼和“低帏昵枕”的渴望。主人公的内心盛满了辛酸的浮想，然而过往之事，恍如梦逝，可思而不可即。“欢如梦中”的内心独白，再次表明了她思极而迷惘的心理。

读过以上文学史中的婉约派作品，再看齐遂林词作，就不会有其他想法了。

齐先生词作，上溯五代、衣承北宋，试看这首《夜空寂》：“夜来无聊弄云子，绣鞋向谁悄移？枰上寂寞自杀戮，难改小姐脾气。阿郎今夜又负约，想是无奈恶妻。却当初，图快意，半推就，神迷离。转瞬春去秋来，情伤绵绵无期。”乃模仿女人口气写出思春之苦。《梦横塘·垂钓》：“云游碧水，鸟啼花中，竿钓一湖秋色。人间心事，抛鱼浮、石上打坐。幼鲤无知，飞上钩来，含笑放过。只待那肥尾，腰束锦鳞，浑不觉、贪之错。忽忆姜公直钩，垂丝弦高雅，夕阳独卧。钓得贤君，才尽施、满朝丰硕。叹渔翁、空煮篝火。蓦然不知谁是我！且收竿去，对月长啸，枯叶簌簌落。”里面无论用典还是意境都显示出高超水平。

《卅年一把荒唐诗》中他这样写道：“卅年一把荒唐诗，无人理睬自痴迷。为解柔情做粉黛，欲探空门慕僧衣。笔下悲喜三魂散，书上浮沉九魄瘀。不知王朝和权贵，长发短裙步云霓。”分明就是个人写照。可叹的是“前世修错，偏偏是男子模样”。“衣柜有西装，人逼急了，才扎巴一下，在所谓庄重场合露露脸。余则荆钗貌招摇于市，为正派人士所不齿。”但他却是红裙紫钗浪天下，青灯黄卷笑古今！依旧的歌哭无拘，依旧的行为羁放，漫而不浪，放而不荡。在《自画像》中描绘自己道：“半痴半呆半傻蛋，半男半女半妖精。半姻半缘半推就，半喜半乐半调情。半醒半醉半睁眼，半僧半俗半撞钟。半诗半词半放浪，半书半画半癫疯。半死半活半息怒，半饥半饱半觅空。”他认为人生太累，又是何分雌雄。偷学梳妆，自陪美丽逐欢。习惯当女人的时候就会风情万种，实乃细腰白裙真丈夫也！

齐先生第一次穿女装在大庭广众下招摇，是20世纪80年代中期，在兰考东坝头卫生院，当时有诗人孔令更。齐先生“一袭白裙，一顶宽边女式遮阳帽，一双高跟女鞋”，拉开了“癫狂疯傻”的序幕。那时花开，一种奇妙的感觉引领着他开始蜕变，后来写了很多幻男化女的诗作。街邻侧目，亲朋窃语。今生谁像你？

“从最熟悉的目光中，我读到了陌生，那种陌生刻骨铭心，如云似雾，忽浓忽淡，鬼魅一般直到追赶到我的梦里，冰冷与炽热勾结，阴柔和阳刚同体。我恐惧极了。我用鞭子抽打着自己的灵魂，反复逼问自己，你到底是谁？”在《拷问自己》一文中，齐先生看似坠入痛苦之中，实则在考问我们每一个人的良知？为什么他会“读到了陌生”，甚至于“恐惧”，我们是否也在拷问着自己？诗人是痛苦的，在现实社会中，有一个看不见摸不着的东西在约束世人，道德的外衣异常鲜美，权势的清香异常迷人，向上的道路总是充满台阶。大千世界自由呼吸不是一件容易的事情。遥想当年，米元章性情狂放，见一怪石，形状奇特，随即整理衣冠，拜之再三，并呼之为兄，于是，被传为“米颠”。齐遂林写得一手好字，填得一手好词，婉约词、狂草书，真爷们，大胆异装，敢爱敢恨，“这风骨，千秋仍，留待后生思量”。

（刘海永，文史学者）

齐遂林诗词中女性化意象的运用与思想探微

张留彬

手握杨柳枝，打坐莲花台，御风乘云而来的，是大慈大悲南无阿弥陀佛观世音，盖取播云洒雨，广布和合的慈善意象；手持拂尘，动若飙风，打出冰魂银针，见血致命的，一定是赤练仙子李莫愁，给人以变态阴狠的意象；披头散发，造型凌乱，出手九阴白骨爪，洞穿人的头颅，满手鲜血脑浆的，非铁尸梅超风莫属，盖取狠毒诡谲之意象。在当今河南开封，有一个“用诗歌打造闺房”的骚客，他不研佛法，不修武功，只钟情于饮酒赋诗。他的诗词或婉约，或豪放，总离不开他的经典招式、摄魂利器、标志性招牌——那就是诗词中榴裙、妆台、红袖、兰指、香花等一系列女性化意象的熟练运用。他就是汴梁骚客齐遂林。

齐遂林中等身材，细胳膊长腿，修颈粉面，纤指若葱，体态轻盈，像极了姓名中的那个“齐”字，俨然一个古代仕女！该骚客长相如此，穿戴打扮如此，曾作《伪娘四题》、《我本三春柳》以自画明志。时人因作《汴梁伪娘》二题，专道其身份、品性。道是：“伪娘乃真男，自题述其志。凭窗堪寄傲，临溪一咏诗。”又道是：“马鬃牛梭一幅裙，明月宝璐屈子魂。莺口兰指香风软，诗电词雷惊风云。”

以上可作齐遂林人品、诗品的总体概括，可谓婉约与豪放兼具。这里只探讨其婉约的一面。

齐遂林爱裙。他生活中爱穿裙子，诗词中更爱用“裙”字。有时，为赴一场酒宴，他可以“石榴裙飘十里，为听君召唤。”(《谢李保生师长设宴邀诗》)；有时，他也会以“裙”起兴，而“拾裙忽忆舞钢游”了(《忆舞钢游》)。“秃笔揉情老，纱裙寻知音”(《答友人寸草晨露》)，他曾这样向友人表白爱裙的初衷：“太白迷山水，我醉长裙中。”(《咏怀》)，这里有对自己陶醉长裙、丝毫不逊色于太白爱酒的自信。概而言之，榴裙、紫裙、长裙、纱裙、裙钗、裙角、裙摆等一系列“裙”意象的运用，在齐遂林诗词中比比皆是，昭示着他对“裙”的热爱。我们想，屈子奇装异服，披发行吟，太白以酒买醉，迷情山水，终至一个投江，一个捞月，其特立独行、高标脱俗之勇气，与齐遂林的裙子相比，相差不啻一筹。可以说，以“裙”为标志，齐遂林颠覆了汉民族几千年着装习惯，可谓“前不见古人，后不见来者”，同时衍生出的“裙子化”诗词一脉，堪称中华汉民族土壤里生长出的一株凄美而冷艳的奇葩。

以“裙”为中心，妆台、酥手、红唇、红袖、兰指、香花等女性化意象，成为汴梁骚客齐遂林诗词中必不可少的点缀和烘托，从而大大丰富了“诗词闺房”的人格化色彩。

还从“裙”字说起。

齐遂林是柔弱的。他在这个世俗的世界，是多么需要温情和呵护啊。“伞骨不堪无赖风，裙裾扯腿欺娉婷。欲挽难挽君厚臂，十里长亭更短亭！”(《独行》这里，大自然风雨强悍，而“伞骨”、“裙裾”、“娉婷”又是多么的柔弱！读此诗，难免使人发出“兰居幽野，雨骤风狂。美人独行，邑人皆盲。悲哉斯世，多少情殇”的慨叹！

齐遂林是多情的。她和卓文君有得一比：“一缕天风至，数朵汴梁云。秋揽伸酥手，菊吻出红唇。倚情西湖水，送赋司马君。长亭抱绿绮，十里碧波深。”(《答天风君》) 这里，长亭、绿绮寄相思，酥手、红唇托菊吻，岂逊于当垆卖酒的卓文君！

齐遂林是富于才情的。她和易安姐有得一拼，而又技高一筹：“蛩鸣列阵。声彼伏此起，竟此番兴奋。水漫月光，舟载裙钗，丝竹情绪难禁。修竹影坠宋词里，桂花开、也成陪衬。闭眼时、又见易安，扯我红袖频问。妆成姚黄魏紫，窈窕赴秋约，不占春韵。独抱寒霜，喜沐初雪，才得酥胸云鬓。高洁不遮傲骨挺，枝头舞、天涯方寸。吐幽幽、万里香浓，一酹千尊得劲！”(《疏影菊香》) 这里，裙钗、红袖、酥胸、云鬓，总要艳压易安；姚黄魏紫窈窕，赛过绿肥红瘦；他酒量很大，一般不会“浓睡不消残酒”，而总是“一酹千尊得劲”，兴趣所至，还要“一曲新词酒一杯”了。

齐遂林是懂女人的。他写起女人来，真可谓“巨擘手，绣花针，不用颜料能描云，髓里抽出神”。他的《一剪梅》尤其如此：“与君别后意缠绵。吻处怕洗，香帕遮全。”“孤梦熬煎。欲开樱口怕风传。只掐裙摆，泪揉眉尖。”他的闺怨诗独到又真实细腻：“君迷琼浆乐，妾频顾阳台。千衫皆不是，万乘滚滚来。寂寞垂红袖，影瘦夕阳哀。深恐一杯错，醉入伊人怀。”（《知君赴宴作》）骚客对“情”有着深入骨髓的理解和期盼，肇源于他的真懂女人。“世间情，近了远。”“总是巫山云雨后，放晴更添凄婉。”正是基于他对“情”的彻骨体认，才会发出“易安姐、何写声声慢？我且万事都不管！”（《西河》）的怨叹。

齐遂林是大胆求真的。正是因为他真懂女人，他的怀春诗才写得真实而大胆：“昨夜忽遇梦中人，痴痴不寐抚纱裙。低眉含羞粉帐里，听得楼外猫叫春。”（《遥念》）这首诗，“潜思入梦，人伦最真。兴之以猫，万类等身。诗人有大爱、大真，相信无大勇、傲骨者不能也不敢写出！

一个真爷儿们，痴痴爱红妆，又屡屡假托女性（其实在诗人内心早已把自己当作女性了），写出篇篇艳词丽句，或许有人会说他变态，我却不敢苟同。

背俗向雅，诗意地栖居，无疑是古今大多数文人的人格化追求。汴梁城八朝古都，四千年刀光剑影，多少杀戮，多少繁华，伴之以多少大俗和大雅。时至今日，宋祖挥鞭当年云，大雅师师月下尘，只有滔滔黄河流不尽，雅和俗都在这个古老的土地上厚积了。无疑，汴梁骚客过多地汲取了“雅”的秉承，是这块古老的土地里生出的一朵凄美的花朵。他“不喜赤膊弄枪棒，偏爱与花说芳心”。为此，他决绝地背叛了自己的性别：

我走出了性别 / 叛变了自己 / 自己曾逼着我媚笑撒谎伪装 / 出门便拍着胸脯 / 冲天骂道 / 我是你大爷！。

不想死 / 我只有选择叛变自己 / 走出性别 / 变成真的娘子 / 佛说这叫 / 舍 / 得。

不知汴梁骚客是否真的信佛，从这首《叛变》看，他倒是决绝地皈依了自己的性情。他“叛变彻底，舍得洒脱。千古奇人，高蹈世波。纵诗仙重生，应有愧色；灵君再来，将道声、你是我哥！见说道，叫姐良可。”

俯瞰中原大地，距离汴梁东南二百公里有一个鹿邑，两千五百年前，这里出了一个智者老聃。老聃曾言：“知其雄，守其雌，为天下谿；为天下谿，常德不离，复归于婴儿。”齐遂林男人女装，处静向柔，抱朴守真，或许，是老聃之“道”成就了他一颗兰质蕙心。

前面说过，“伪娘乃真男”，本文只探讨其裙装婉约之一面。但诗酒豪情与裙装婉约，是存在于骚客生活与诗词中对立统一的两个方面。要全面了解齐遂林其人其诗，请看续篇《裙韵酒香飘古城：汴梁骚客诗词中“裙”“酒”意象探微》。

（张留彬，平顶山诗人、评论家）

汴梁行（节选）

赵跟喜

齐遂林，我兄弟，诗人，资深编辑。不愤青，不愤世。愤时。现在《汴梁晚报》干活。网上有名："汴梁骚客。"

我要说遂林是一位血性男子汉，你也许不信，信不信由你。无碍他豪爽，仗义，率真，重情。大口喝酒，不停抽烟，放浪形骸，权贵不避。新叶和遂林同学，下午说了遂林几句话，虽然声音不大，我都听得明白：遂林心有苦衷。看见他，拥抱之后，不禁眼中含泪，遂林不知，我心隐痛。

今天遂林有诗《庚寅秋汴梁会诗人赵跟喜》："诗里十载各春秋，霜雪纷纷飞上头。推窗仍见旧时月，举杯怕问桃花洲。当年笔下狂涛涌，而今书中雏燕啾。临别合影朝夕伴，一席琼浆自淹留。"俺遂依韵和之："吟诗焚琴二十秋，黑发渐成葫芦头。醉眼堪邀林下月，醒来荡桨糊涂洲。汴梁风软菊香涌，谁人掩卷费啁啾。侪辈相聚秋月伴，一说当年一挽留。"

遂林每周编六期稿子，兢兢业业，不堪其累。晚上还要夜班。想想自己现在无缰无羁，神仙一般，感觉老了真好。寄语遂林："城市不大，报纸更小。只要不悖天，不欺君，不害民，黑字摆摆齐，何必认真！千贤万哲都是空，合掌阿弥又陀佛。"兄弟，人生际遇大不同，黑白男女由天命。保重保重！

九时已过，俺要返程，遂与诸位依依惜别。遗憾少华下午有事，"遍插茱萸少一人"。令更"黄鹤不知何处去"，只好下次再见。出得城来，竟闻得菊花清香，遂有韵袭来：

红尘陌路谁是客，一袭紫纱配罗裙。
女子堪笑凌云殿，英雄只会揽白云。

2010.9.14下午至晚记于涧尾居

（赵跟喜，河南诗人）

清贫中坚守高贵

——词里词外说遂林

楚 燕

坐对遂林，我是从里往外看他的。读他的诗词，读他的书信，读他的善良和真诚，读他的懦弱和自卑，读他的疏狂和荒唐，一千个人有一千种评价。

我不在乎别人对他的评价，只在乎他不思进取。好在这些年他没有白混日子。相继完成了《心上没有飘雪》《魂归来兮》《醉倚春风》，以及《千古名园开封禹王台》(与本人合作)、《汴梁八景》(与孙富山、孔令更合作)《记取花信出行》《齐遂林新韵诗词》等诗文集。

明代文学家张岱在《陶庵梦忆》中说："人无癖不可交也，以其无深情；人无疵不可与之交，以其无真气也。"是的，人无癖便无趣。比如米芾，洁癖而喜着唐装，还疯疯癫癫地拜石头为兄；比如石曼卿，爬上树枝饮酒，醉了就睡在皇宫门前，他们是真实的人。我不怕怪人、癫人，也不怕憨傻和"小聪明"，就怕对着无趣儿的人，说些无聊的应酬话。碍于面子，还得东拉西扯地应承下去。

梦很远，很荒诞……

在"筑梦"群里，他属贵族；在"混世"群里，他属乞儿。面临雪崩，他像愚公一样挖山不止，探索新文化，新宋词。这，就是齐遂林给我的总体印象。

说起我和他的深谈，还真的是从对梦的探讨开始的。

他说："我这个人穷相貌穷金钱，还有人说，见了齐遂林，见鬼都不怕！你听说过冇，我都恁丑？"我说："不丑，他们看到的是你的外表，你内在的贵他们没看到，你生活中至少有诗，有梦吧！要是你能把那点毛病改掉，就更好了。"

当一个人只剩下梦境的时候，你还忍心剥夺他这最后一点人世的安慰吗？他说："在长期的痛苦中，你还会笑吗？水，聚集多了，总得找个渠道流出去吧？人也一样。"我说："那也不能作践自己，你有的，他们没有。其实大家都很欣赏你的才气。"他使劲地点着头，像打了一针强心剂，精神起来。从此，我们为梦调色，在诗中筑巢，从梦和诗中看到无限生机。有幸的是，诗和词是那样的爱怜着我们。

他每次都把自己新写的词第一时间拿给我看。让我惊讶的是，他的那些词，既高古，又现代，有节，有骨，有香，没有功利、欲望和杂念。看他的词，总觉得文如其人，相貌想必也清爽俊朗的了，然而"俊雅倜傥，仙风飒飒，衣袂飘飘"这些形容梦中逸仙的词语和他一点也沾不上边。他在生活中一塌糊涂，然而，在诗词中却有着超乎常人的思维，也许这就是上帝对一个不幸之人的补偿吧。

海子说：" 答应我，忍住你的痛苦，不发一言，穿过这整个城市。"

我想把这句话送给他。

20年前，他开始了新宋词；20年后，他依然腻歪于新宋词。他的每一首词是蘸着伤痛写出来的。在当今世上，名号和珠宝一样真假难辨，没有一个所谓的"著名诗人"能让我为他脱帽敬礼，我只尊敬真正的诗歌，只尊敬把生命献给诗歌的诗人。

这个人不受人待见，不谙世故，又不识时务，说话给人一种困觉，甚至令人生厌。见他不如听他的电话，听电话不如读他的诗词。在生活中，他的谈吐啃啃巴巴，还经常开些遭别人冷眼的玩笑，他生活中的语言和他的诗词相差一大截。

其实，每个人都是从不被看好开始的。

他是我的朋友，我的亲人，是一个孩子，是我"筑梦"的作品。所以，我疼了他。"在她身上，我突然找到了母亲的影子，这感觉在瞬间迅速膨胀，我不敢正视她爱怜的眼睛，我想喊她妈妈。"这是他当年的文字，也是我们缘分的开始。后来，他在文字中均用"燕娘"

称呼我，他是认真的。一声“燕娘”，叫的我不知所措，让我累了20年。“燕娘”这两字不是轻易能担当得起的，钱不能打动我，势不能打动我，唯有真情能打动我。从那天起，一段传奇便开始了。在他的面前，我不敢给自己半点脆弱的理由，为他，劳心、劳神，既护短，又鼓励；为他，遮风挡雨，挡枪挡剑；为他，我愿意成为更好的人，能做多少就做多少。

我在国外和南方工作了16年。其间，时有家乡的朋友谈起他，关于他的男扮女装，一袭长裙招摇过市，在大庭广众之下出尽了洋相，这是我一直以来不敢触碰的。听说一次朋友请客，因他的那身装束被人拒之门外。当有人以戏谑的口吻说到他又一次穿女装时，我整个人痉挛了，抓起电话朝他大骂了一通：最看不起你的，你比谁都清楚！除了有作践自己的本事！电话那头，他满腹委屈，尽管他为自己一再辩解，可我依旧不能原谅。有些事不说是个结，说了是个疤，尽心了，剩下的就交给命运吧。他的一些老朋友都曾善意地劝说过他，故意疏远他，又在暗暗地关注他。

“强忘嘱咐梦无端，秋雨敲窗泪潸潸。躯干依旧男子影，魂魄早已女儿衫。风刀霜剑不禁冷，妻憨子病羞乞怜。花枝招展任说傻，且抛荒唐买笑颜。”我收到这首诗的时候，在国外。看完，鼻子酸酸的。但他为何不能摆脱令人生厌的女装的纠缠？我回了他一首与此毫不搭界的诗：“坐在酒坛上酩酊大醉的你，自卑和才气一起蒸发，蒸发成岁月无人留意的叹息，你的世界是悲凉的，而诗词则是你黑暗生命中最深处的百合，你以血为墨，以纸为壤，在笔下不分昼夜地怒放。你是最棒的！”我用鼓励击打他的自卑，想让他在诗词和书法中尽情宣泄。“酒中洵明月，笔下逗秋光。不愿问平仄，着意取阴阳。截得流水韵，裁成行云裳。乱发搔一字，白头诗千行。”如果不了解他的人，怎么也不相信这么高贵的诗词会出自他的手笔，也很难和他的女装联系在一起。

著名作家王不天先生曾这样写他："上帝的错误是不容抗拒的，但是你偏要跟他作对。于是，就有那么多的灾难砸到你头上。同时砸向你的还有，吐沫汇成的巨浪，白眼凝成的山崩。但你缩在镜片后的小眼睛全然不顾。"人言可畏，可他光着膀子，愣是往人言里跳，他还一路得意地唱着自己写的歌："爱同命运打架，总是头破血流。喜与好人交往，只配做个小丑。"

他在《致燕娘》中写道："脱去裙装怕伤君，君怕俗眼伤我身。蹙眉垂首瓮中去，蓬草飞花耳边闻。卅年放浪世大忌，俸禄不养桃源人。从兹残月重归汉，文姬焚诗诵经文。"平心而论，他的文字凄美而高贵。很多人因他的装束，忽略了他的内在，因他的不谙世故，忽略他的付出。

他走过的孤独和苦难很长，他的家庭充满了不幸。他唯一的孩子患上了精神病，生活不能自理，他很苦恼。那是一场累心的马拉松战，谁家摊上这样的事，能把人愁死，毕竟是自己的亲骨肉啊！他和妻子带着儿子四处求医，开封第五医院、新乡精神病总医院、郑州153医院、北京各大医院等，而检查和治疗的结果总是令人失望。不敢面对的现实才是真正的现实。这对一位父亲来说打击可想而知，在物质缺乏、精神绝望的双重压力下，他必须每天面对孩子喋喋不休的胡言乱语和无休无止的纠缠，很难在自卑和自信中找到平衡。在孩子住院的两个多月里，我和赵奇（孩子的母亲）轮流照看他。在孩子30岁生日时，我写了一首《赠石头》："几番与儿沿街行，指点青春笑东风。岁月已老今记否？莫负阿姨苦叮咛。"孩子啊，阿姨能帮上你不后悔，没帮上你才后悔呀！我想，每一个善良的人都会这样做的。

面对亲骨肉，他的精神濒临崩溃。在狂放不羁的外表下，包藏着懦弱、无奈和自卑。他说，那些名誉的光环对他来说毫无意义，孩子的病让他陷入一个永远看不见光明的黑洞。可叹尊严坚持到最后，只能无奈地向现实低头。

我曾把与他合作的《千古名园·禹王台》看成是一种荣耀。想起那时我们精力也充沛，他去上班，我去采访，晚上我们一起编辑。那些天，我们走到哪里，所到之处，脚印上都会长出文字来。

那天，他对我说，国内五家权威杂志联合举办“中国当代诗词、书画评奖”活动，要不要参加？我故意激他说，也好，去见识见识呗，艺术是大众的，是骡子是马拉出来遛遛。一幅《春天的故事》和一首词，使他一举获得了诗词和书法两项金奖。后来，我在电视和报刊上证实了他获奖的消息后，像自己中了头彩，暗暗为他高兴。

开封诗人杨伏虎先生在他的一首诗中写道：“呕心沥血长短句，敢嫁诗词作伪娘。”一点没错，他就是怎么写诗就怎么活着的一个人。他的诗词就是他的生活，他的人，是他的光彩与粗糙，也是它的完整与缺陷。真正的贵族，能把困苦的生活活出诗意，把薄情的世界活出深情。在现实生活中没有享受到的，他在诗词中享受到了，在现实中没有实现的，他在诗词中实现了。

古往今来，诗人上演了一出出的悲剧，这使我想起了诗人海子。一次，海子走进昌平一家酒馆，他对酒馆老板说：“我给大家朗诵我的诗，你能不能给我酒喝？”老板说：“我可以给你酒喝，但，你别在这儿朗诵。”诗和现实的关系，常人很难理解。食指如果不是诗人，会不会患上精神病？顾城如果不是诗人，会不会就不会自杀？

据说，在英国有一个很著名的教堂，叫西敏寺。有资格入灵堂的有两种人，一是皇室贵族；二是诗人和艺术家。由此可见英国对诗人的敬意。

在翻阅了大量诗词文献后，他发现越来越多的文人在古韵和平仄中兜圈子，走进了文字游戏的歧途。为了寻求突破，他一憋气扎进了新宋词中，像一个亡命的潜水者，再抬头，发现光阴已过了二十年。

二十年前，有人说他是疯子，他一脸委屈地对我说："你可知道，我可是一个真诗人啊！谁懂？"前天他打来电话说："现在很多人都称我诗人，可我觉得我像一个真的疯子！"

多年来，我收到他的礼物永远是书和诗词，在我看来，这比珠宝更珍贵。珠宝能装点虚荣，而书和诗词，能让人的精神在岁月中拔节。

说实话，这本书的出版固然值得庆贺，而欣慰的背后，有种凄凉感。这种感觉让我说不清楚，仿佛石缝里长出一棵小草，无奈无助，又那么倔强、顽强。这使我想到了他的父母，他们大字不识，是如何把他们的儿子培养成一位词人的。

他的小小的书房散乱地堆积着各种文学书籍。破旧的书桌，昏暗的台灯下，趴着一个瘦瘦的影子，几近失明的眼睛，时不时有久治不愈患精神病的儿子，无节制地纠缠，扯着喉咙叫喊，敲打着书房的门，让他欲哭无泪，构成了一幅幅凄凉的剪影。让我更为感动的是，在这样畸形的环境下，他手中的笔一直没停，他没有任何背景烘托，更没有金钱去做文学方面的投资，如果说成就和苦难是他的两大精神财富，在他的成就和苦难面前，我更关注后者。

2018.6.18

（楚燕，中国散文学会会员，河南省作家协会会员，开封市首位举办个人诗歌朗诵会的女诗人。出版有诗歌散文集《呢喃逐絮》《云卷云舒》《千古名园·开封禹王台》等）

附：与燕娘书

燕娘：满腹话语，提笔无言，真的不知说什么。多年的牵挂，铭记在心。是你，把我从濒临崩溃的精神悬崖上硬拽了过来，使我体验到人生最美好的时光。那些日子，至今回想起来，仍像梦幻：有诗，有歌，有舞；有情，有义，有酒。有携手踏雪的浪漫，有灵山梳理的温馨，有结伴旅游的惬意。更重要的是，我们陆续有了《呢喃逐絮》《魂归来兮》《云卷云舒》《醉倚春风》和《千古名园 · 开封禹王台》。直到如今，这几本诗文集仍像一波波涟漪，让省内外诗友们迷恋不已，好评的文字纷至沓来。而你我的分别，已满十年！十年，多少煎熬的日子，多少无奈的日子，多少等待的日子！

燕子飞了，我的心里只剩下一个空巢。

有人说，诗人的痛苦要比寻常人多十倍，因为他们太多愁善感。再加上面对这样一个家庭，对待你嫂子难以交流，对待患病的儿子无计可施。出外，找不到知己诉说；在家，病儿无法克制的纠缠让我欲哭无泪。

我找不到生活的动力，眼前只是一个没有出口的黑洞，令我恐惧无望；我找不到写作的感觉，俗世的虚伪奸诈和荣耀让我厌恶。我祈求过常人的理解，然而，一个尽享天伦之乐的家庭怎么会理解不幸者的家庭？和儿子同龄的孩子们工作了、升迁了，结婚了、生子了，我的义务就是赔礼、赔笑，昂起一个痛苦而又必须昂起的头颅。

面对不正常的家庭，我想过正常人的生活，行吗？面对不正常的家庭，我想有正常人的安宁、快乐，有吗？面对不正常的家庭，我想保持一种正常人的心态，能做到吗？

二十多年前我死过一次，这次不想死了。死了可以解脱自己，但儿子是我的骨肉，他是无辜的，我不能让他流浪街头，任人凌辱。最起码在我闭眼之前，我有责任陪伴着他。不想死又不能死，怎么办？只有学会环境转移、精神转移、性格转移、角色转移，因为一个人忍受痛苦是有极限的，过了这个极限，就会患绝症，对于这个家庭来说，等于雪上加霜。我不能倒下！

现在对我来说，别人的理解是奢侈品。有了更好，没有也罢，别人不可能代替我自己的感觉，代替我的痛苦。我想起了那句话，鞋子合脚不，只有脚知道。

特定环境下造就特定的人，这是自然规律，我们无法改变。在特定的环境下，在特定的心理下，我的写作源源不断，以另一种风格和姿态凤凰涅槃。

由于经历的不同，人的性格和复杂性很难说清。我经常躺在床上扪心自问：我是谁？是好人还是坏人？倘若是坏人为何没做过坏事？倘若是好人，为何总有不幸和灾难包围着我，殃及我至亲至爱的人？我不会伪装自己，骨子里狂放不羁，对生活充满好奇但弱于分辨是非，因而与当代社会格格不入。

我心向善良，关注弱者，行为怪诞，作品直抵人性而不拘形式，因而为主流所不容。我曾经想了很多：还原衣着，改变行为语言，改变思维方式，向俗世妥协，融入主流社会，也许我会得到更多的鲜花和掌声。但每每想到这里，我都不寒而栗。我害怕失去自己，失去自己的良心，失去自己的灵魂，失去自己多年来形成的作品风格。那样的话，我将一事无成！正如一棵百年古树，之所以历经风雨而郁郁苍苍，与它身边的空气阳光水分分不开，更重要的，是它形成的独有的环境气场。

我有一个秘而不宣的艺术追求：撷阴阳之气注入诗词、新诗、书画作品，回击自古以来豪放婉约的所谓流派，创立唯我独有的艺术风格。

燕娘，多年来，我们共同度过了风风雨雨。你为我背负了太多不该背负的东西。为了我，你忍受了多少屈辱误解和流言蜚语。你为我的付出，今生无人能够做到；你的人品，在我心中今生无人能够替代。在这个世界上，你是我的知音知己，我无以报答！燕娘，你说我是一个一身毛病的人，唯一值得你看重和娇护的，就是我的文学艺术、就是我的善良率真。世界上任何人的褒贬，对我来说无关痛痒。但对于你说的一句话，我很在乎。你的理解，是我最大的幸福；你的支持，是我创作的最大动力。反之，你的一句误读、一个误解，就会让我寝食难安；你的一个否定，就会把我彻底击垮！但愿这封信不会惹你生气。

林儿

2012.8.28.

黑白遂林

大　宝

初识遂林时，他已是诗人，但鲜见他有新的诗作。我离开报社后，已不把他当诗人，他却一发而不可收，上品精品不断，赢得坊间高度评价。我不知这期间发生了什么。前年我回开封，他送我一本《醉倚春风》，认真读后，略了解一些究竟。这十几年，不常见遂林，但时常想起，想起时心里总有一种说不出的滋味。上周，友人相聚，当晓苏兄展开几小时前他为“诗人遂林”的画像，我有了把心里的感觉写出来的冲动……

一腔男儿血
却爱女人装
把你当姐妹看
你博客里
却又将众多粉黛包养
现实生活中
是个自卑的怯懦者
在诗韵的世界
却是位傲岸的国王
当酒徒
硬要把自己装进坛中
骨子里反叛传统
却自愿扎进古体诗词的框
日均一首的诗作
已达到大家的境界

却没有给你带来财富银两

一半是阴一半是阳
一半是柔一半是刚
一半是格律一半是自由
一半是逻辑一半是荒唐
一半是贫民一半是帝王
你的一生
注定是一本很厚的狂想曲
却由一串串
矛与盾组成的乱码写就成章
我知道
那一定是月球上的字符
未来人能读懂其深其真其仁其广

（大宝，本名陈保平，《南方工报》社长）

始终做自己（节选）

刘恩珍

“始终做自己”让恩珍想到初中老师兼书友齐遂林先生。这个一生以书为友以诗词为爱、独创中国新宋词的人，其纯良的天性，拒绝被改造、被扭曲、被异化，坚守知识分子独立精神人格和高贵灵魂情操的人，一直传为开封文化界的美谈。有件事令恩珍记忆犹新。20多年前，齐老师已经是开封日报社通联部副主任。80年代初正值经济开放，所有机关事业单位都在给本部门造舆论，力求在支持经济发展方面有话语权，全市业务性投稿可谓多如牛毛，而所有投稿都要经由通联部审核。作为政府喉舌的关键部门，齐老师所在的通联部“门庭若市”是可想而知的。

有一次，我去通联部送单位投稿，正值有人找齐老师。稿件递上的同时，那人说“这一次，某某领导要求务必刊登”，可见这篇稿子不是第一次被退回。我知道那人所提某某领导在市里的分量，正思忖齐老师如何应对，只见齐遂林面无表情地把稿件递还给那人说，还是让你的某某领导审核这篇稿子吧。接下来他言辞灼灼地指责，这个稿件几次都改不了对领导刻意的歌功颂德，并一直用“卑劣”这个词表示不满。那人悻悻走后不一会儿，报社某领导打来电话，要求齐老师帮助把这篇稿子修改后通过审核。只听齐遂林老师平静地说，“我不了解某某领导的事迹，学不会写巴结的文章”，言罢直接把电话挂了。

做自己，每个人都有坚持自己的理由，但坚持的方式不同。有的人在人生舞台上如同睥睨天下的君主，傲气霸气无不尽显，这种锐角分明的王者风范是一种坚持自己；有的人倔强地在世俗的尘埃里默默坚持自己，即使这种坚持不被人理解，甚至成了别人眼中不可理喻的存在，也依然不忘初心，不改初衷。这是始终做自己一个文人的风骨气节。

当你决定放弃自己所坚持的信念，去迎合他人的观点时，自己便不复存在，留下的只是一个猥琐的傀儡，这样的人生是可悲的。

（刘恩珍，作家、诗人）

遂林先生印象（节选）

贺捷新

齐遂林先生，少失怙，童年坎坷，幸福并不丰沛。其词丽，婉约多汁，似有女性化心理特质，觉得是不是有一点逃逸和仳离的洁癖糅合在里头？不是说，女儿是水做的男人是泥巴糊的么。不要以常人入世窠臼衡度一个真诗人的特质，好不好？他惹你了吗？没有。现在那么多男的在装男人，装来装去，还数遂林最像。旗袍下他包裹的是一副男儿的膝盖，看似柔弱，其实一根槐木蹶子头，和从来不怕挫折的酒神的骄傲和意志。词人的步伐与生活之间难免或有不合拍，或视异端为骄傲，诗人禀赋，何怪之有？

我并不喜欢“诗言志”之宏论，但若把斯“志”单纯地释为“性情和灵犀”的话，那么“诗言志”加诸遂林之身，还是适宜的。其实他是一个单纯的人，认真的人，孜孜不倦、矢志不移、单纯写诗词的人，他就是爱写诗词，写了半辈子，尚觉如铺戋始墨，因他也不会干别的。

有时候打电话他关机，渐知，那时是他案牍劳形的笃定时间。有一次我在无人接听的落寞中，想象这个呆人，也是惯于在午夜宁寂时，在想诗，或，宁及琢磨当妙用，而渐入空灵呢。什么事情也不做，发呆，点燃一支细烟，不吸，看一缕香烟袅袅之于夜幕下六楼自家黑窗，仿佛等待拂来的风，和潜入夜的潮，等待幻视、幻影，等待心境摄入诗的意境，生命，潜入万方意象一片丰富的暗晕。觉得，他也必有这样的觅字心曲：

宁死也要写下逸如脱兔的诗字，或得逞；而或枯坐半日一字不得，捏笔管的手发狂，心狂跳，但觉得自己纯洁的想哭……所以我只管看他的诗句本身，如琢如磨其之破，之立，之任情任性，与之认真之狂热。

觉得，欲说新宋词，还是得平视古今，就词论词，放低身位，看看遂林其人，是以怎样一种认真和痴迷不辍的态度在写，和创立着新宋词，因词好则体立，否则弱不胜衣。愿所有读者写者，均可以不躁不愠，中庸地、不偏不倚地、满怀信心和热情地期待，一种凝古弥今，承袭传统质感又不废涌动个体本意的新的诗歌艺术形体，之诞生和发展。因一切，含诗，皆以变为不变，各领风骚若干年，不是很好么。

昨天遂林要我看他的新宋词60余首。话语间，他自觉怕有花间味重之虞。其实，每一个人都是社会的一颗细胞，个体细胞饱满，整个社会才饱满。文学即人学，写诗词写出了一颗细胞的性味，生活才可能真实无伪饰；一个细胞的质量，不在个儿大小、味浓、味淡，百色百味，是自己的就好，好在真善美，不在假大空。任何生活素材都是多重物质多重元素的混合体，提炼时，只要抽出自己的纯粹就净化了生活的涵雍。

遂林新宋词，是其数十年读诗写诗细大不捐的积累：困窘童年，知青生涯，20世纪80年代中国诗歌之启蒙大潮回归，“小李白”美誉诗情之冲动，及开封诗歌土壤之栽培，砥砺，荣辱毁誉，大半生报社笔墨生涯，孜孜不倦案牍劳形，创作不辍乃至于自我灵魂之挖掘，鞭笞，扬弃……新宋词之创立……这一个一个的背景，构成了他在雕阙琢句之中，必须寻找自己的真实的一个思想，一点概念，一架结构，一滴情绪，一派声色，一团意蕴，和整词的一种，入词可以通透，之意境。

这一切，变成了他写诗的磁力，这种磁力使他无法摆脱在一种构思中，寻求写出一首又一首的，本质意义是好词的不舍兴趣。这种不舍之中，有具体的引爆装置：一首词，一种适宜的词体，一旦灵犀引爆了真情真思，质地饱满，意象斐然，就产生了很好的社会效应；而这种磁力和效应，使他苦苦地寄希望于自己的智慧思维之光能够打亮摆在他面前的求索之暗晕，因新宋词这架开封车辇已然驰骋开来，四方，将听见马蹄的踣击……创始人齐遂林先生想停，也停不住了。

（贺捷新，作家、评论家，著有散文集《西北有浮云》等）

附录五

诗友赠诗

路与道

——读齐遂林新宋词

孔令更

丁酉初八晨，独登牧云楼，微雨将歇，草花野艳，清香袭人。和露采而食之，苦、甘、涩、香，其味莫可名之，至于无穷。恍觉一事未了，近日尘中、酒中、梦中，忽焉岁已将半，一惊津津汗出矣。忙于匣中捡出遂林新宋词三十首，一气读来，痛之、快之、思之，默然良久。春芳歇而夏蕊娇，雨意渐浓，拙笔草草，言不尽意，聊作杖头酒债，偿之百而一也。

一

夏蕊何似春花娇？钱塘潮漫玉人桥。
梦华千年浮云里，词林野火发嫩梢。

二

朝天刷刷翘黄毛，旧鞋一甩乱跌跤。
咬牙咧嘴翻身起，杂花如剪草如刀。

三

旧伤累累新伤痕，良药假方辨未真。
堂前燕去约鸥鹭，高山错会流水音。

四

独坐夕阳漫沉吟，也无凤箫也无琴。
银河半枯星寥落，玉指谁弹月一痕？

五

家在横塘水一湾，谁约萍舟窃采莲？
黄鹤半识梁园客，焦尾暗换第几弦！

六

箫狂瑟横错杂谈，百川怒放沧海澜。
长鲸泣尽鲛绡泪，一笛月华湘竹寒！

七

翠雨潇潇未许停，榴花两朵眼忽明。
诸君谁会天公意，西边日出东边晴！

八

唐风高悬宋时帆，一指点亮万火传。
樵翁拾得柴几杆，砂锅炒豆余几丸？

九

八千雨丝路条条，开掌欲近合掌遥。
谁家小雀探头问，一片词心在酒瓢！

（孔令更，黄河诗人）

赠汴梁骚客

赵国栋

汴梁骚客齐遂林，为铸新词苦用心。
自然平仄臻禅境，丽句清辞性情真。

（赵国栋，红学家、作家）

读齐遂林先生新宋词

孙青艾

数枝梅绽香，一卷春消息。
开窗迎新岁，拂柳听短笛。
老歌似酒浓，新曲伴燕呢。
一湾春江水，任君荡舟楫。

（孙青艾，河南大学《信陵诗刊》主编）

写给开封遂林弟

农 夫

七朝古都隐谪仙，笑谈权贵冷眼观。
闲余泼墨写狂草，酒醉挥毫制巨篇。
霜浸瘦菊枝留香，雪压红梅傲冬寒。
莫道书生儒酸气，不朽文章万万年。

（农夫，本名王全水，诗人，河南诗歌学会副主席）

花裙齐君续冕旒

李少咏

李仙主后耀高丘，苏秦二安也风流。
词踪消弭九百载，花裙齐君续冕旒。
万里风烟谱新曲，宋词再生傲王侯。

（李少咏，文学博士，评论家，洛阳师范学院教授）

次韵和汴梁骚客

王虹昭

见君何必忆古城，酒酣意浓中原风。
狂草一帖舞冷壁，醉依百篇撩诗情。
千盅渐迷菊眼乱，万言不觉梅唇轻。
带走黄河千古泪，只留珠水悄悄声。

（王虹昭，诗人、作家，花城出版社编审）

满庭芳——致遂林

任德平

梅月芳心，松竹英气，阳春白雪独孤。笔生珠玉，展图效当垆。放浪形骸酒病，歌哭笑，梦里烹鲈。谁知道？龙泉捉月，骚客入平湖。

登高！同瞭望，汴云尽处，绿满平芜。问遂林何日，构拟红庐？邀友设案，赋一阙，菊短篱疏。歌一曲，风落旧庭梧。

注：龙泉捉月，典于“诗上加‘湿’汴梁骚客入水记”。
注：当垆：典于“文君当垆”。

（任德平，作家、诗人）

贺齐遂林老师新宋词大成

崔子衿

开封深秋，新词大成。汴水之辞，倾国倾城。有如东坡诗骨铮铮，有如晏殊红楼雪晴。文墨流芳，文心惊鸿。始祖遂林，灵犀逸兴。御河溢彩绚烂芳名。

（崔子衿，诗人，紫金山诗社副社长、世界华语诗歌联盟会员）

忆旧游·赠遂林兄

谷继生

宋词千载后，再演精奇，功在兄君。律韵无长格，遇高才巨子，换旧更新。积年耗尽青发，敲案苦思吟。幸意固难逾，风霜几度，未改初心。

殷殷。对星夜，借太白豪情，常露胸襟。岂负诗千卷，任光阴空度，终世无闻？功就忘却憔悴，呼酒长精神。纵日后名扬，留狂莫变清瘦身。

（谷继生，诗人，诗歌艺术联盟诗社社长）

傲然挺立

刘剑敏

你木讷捧读，凝聚着经典的魅力；你沉默无语，耕耘着诗词园地。夜灯下的新宋词，是传统百年的呐喊；寒风中的笔墨，是厚积薄发的雄起。你从不附庸风雅，而雅趣，却蕴藏笔端。你鄙夷世俗潮流，而浪潮，则翻涌心底。在都市的喧嚣中，你孤独前行；在世纪的繁华中，你傲然挺立。一缕清魂吟诵千古传奇。

（刘剑敏，诗人）

愿与齐词共芳草

杨伏虎

宋词盛名天下扬，天上奇葩出汴梁。千年异彩昭日月，百代学人铸辉煌。只道万仞难超越，折腰古今饱学郎。不想花明代柳暗，欣喜绝顶透曙光。三十余载天工手，词圃耕耘诞奇香。呕心沥血长短句，甘嫁诗词作伪娘。遍酿词牌试新醴，融汇魂魄书华章。新宋词就帅旗树，万马千军破平岗。东风又源开封地，诵读吟咏秋花黄。愿与齐词共芳草，天地有情同短长。

（杨伏虎，诗人）

贺遂林新宋词

王兰玉

花香诗海，竹下人，醉菊裸舞。案头独枝俏，吟诵到碧霄。忆往昔，十年不追浮沉，烟海宋词妖娆。看今朝，秋日春潮。

夕阳有余晖，朗朗声韵销魂，涌入江海涛。一叶扁舟，冲楚河汉界，再领风骚。

（王兰玉，诗人，兰宝集团副董事长）

笑看他家觅封侯

曹合荣

怀抱书卷欲何求，潜心诗词数载修。艰难苦恨繁双鬓，百折不挠灯下谋。任由世情纷扰去，沉醉词间觅春秋。清风朗月好做伴，兴来歌吟解百愁。血汗浇开新宋词，蟾宫折桂芳香留。春华秋实衣带宽，笑看他家觅封侯。

（曹合荣，诗人）

有感于新宋词

徐全武

岁月风吹菊将残，秋尽冬来话丰年。莫惧霜降斑染发，果实挂树枝也弯。休言花甲人渐老，沧桑之路霞也灿。新词一曲颂你我，过去未来唱正酣。

（徐全武，诗人）

行香子·赠齐遂林老师

剪剪风

不是诗仙，胜似诗仙，狼毫笔，墨舔薄宣。歌天颂地，诗赋书笺，玉蝴蝶慢，醉花间，忆江南。才情横溢，篇篇可圈，赋月明，君子谦谦。诗吟悲曲，雪漫伏天。眷恋诗情，会诗友，叙诗缘！

（剪剪风，本名李艳萍，诗人）

七律·情系新宋词

阿波罗

遨游诗海结诗缘，地北天南聚圣贤。宋韵萦怀同雅曲，唐音贯耳共和弦。独标新词吟春柳，入木三分咏夏莲。几许心声融淡墨，闲情逸致赋华年。

（阿波罗，诗人）

酒杯中的韵味

——品读齐遂林老师新宋词

张恩惠

深褐色从杯底向上，弥漫开来。时光交错，岁月斑驳，甜酸苦辣酿成的醇厚。

深褐色，血泪的交织，凄风苦雨化作悲壮的文字，犀利的剑射向丑陋的灵魂，虚伪却步，谎言颤抖，面对真情，谁会吝啬善良？

举起来吧，让交错的时光映出彩虹，让斑驳的岁月化作辉煌。甘醇淹没苦难，浓烈驱散悲凉。饮尽春秋，挥洒豪放，不屈的风骨，在狂飙中挺拔，高傲的头颅在凄雨中倔强。

回归的善良，不再蹒跚在四野八荒。回家的路，也不再是梦中的祈盼，她是亲情、友情编织的爱恋。

挚友不会离去。心灵相拥，目光交换，纯净久远……

（张恩惠，诗人）

朗诵艺术家朗诵齐遂林新宋词作品

□大河报记者　周斌　李翔舟

本报开封讯　11月8日下午，齐遂林新宋词名人名家朗诵会在河南大学民生学院举办，众多国内外朗诵艺术家及歌手齐聚一堂，对开封诗人、著名诗词作家齐遂林先生的新宋词作品倾情演绎，为观众奉献了一台精彩的诗词歌舞朗诵表演盛宴。

据了解，新宋词是齐遂林先生在继承、发展传统宋词基础上，以自然平仄代替程式平仄但又不违背韵律的一种新词体，对我国诗词艺术的发展繁荣有特别的意义。

后　记

从2000年问世至今，新宋词走过了18个春秋。她时走时停，伴着我的狂放不羁，陪着我的喜怒哀乐，抑或是精神纠结。在此之前，我出版过一本诗词集《醉倚春风》，若按格律推敲，足以气死行家。但那时的我坚信规律既然形成，就在等待后人打破，世间万物，没有一成不变的东西，当然也包括诗词格律。

所谓打破，并不是以无知打破有知。必须深入研究前人作品，研究格律本身，研究随着时代发展格律给诗词带来的利弊得失，才能不至于泼洗脚水连孩子一起泼掉。不断创作加上研究，我逐渐发现，最接近诗词本质的古风张扬的是气韵，它最不压抑性情。而格律诗形成以后，声韵逐渐代替了气韵，在强调作品节奏和声音统一的同时，作者的性情愈来愈受压抑，逐渐远离了诗词创作的初衷。如夹脚的鞋子虽然华美，其代价却是疼痛。为诗词松绑，乃至“裸奔”，是笔者的一部狂想曲。

新宋词最大的特点就是气韵。人活一口气，词亦然。无论山川之气还是兰菊之气，都应该充沛。气足则韵活，气滞则韵死。词若草书，灵感既来，一气呵成，最忌此间雕琢。摄影之摆拍终不如抓拍自然，它的谋篇布局不能受到任何形式的阻隔。由于作者生理特点的不同，词的吐纳可长可短，形成自然平仄。这就像一个人的呼吸，虽然有共同特点，但每个人特殊的生理结构决定了他呼吸的长短，这是毋庸置疑的。另外，大自然的活动远不是几种机械的平仄格式能够束缚的，比如流水遇到阻力时，可能是仄仄仄仄仄；而顺流直下时，可能是平平平平平，从这点上讲，新宋词更符合人性，更顺应自然。

法国作家让·热内说过：“天才是绝境中的自恃，在诗中展开灵魂。”我不是天才，但我的灵魂一直流淌在诗中，忽明忽暗，忽悲忽喜，于天地中和风雨雷电厮打、亲昵，乃至于调情。

笔者开悟较晚，虽早年下乡当知青时受益于河南大学著名教授宋景昌恩师指点，对诗词知识略知一二，但缺乏系统探讨之功。中年后历经恶补，又经常掩卷沉思，边学习边创作，终有所得。然不免贻笑大方耳。

宋词发端于唐，形成于五代，兴盛于宋，元代式微，至明而亡，复兴于清。之于宋词，新宋词只是一个孩子，虽然有着宋词的血脉，但她的长相与父辈迥然不同。这是她能立于世间的唯一理由。

笔者在本书编辑过程中，眼疾越来越重，右眼因白内障几近失明。一直关注我的李新叶、楚燕知悉后，劝我马上就医。到医院后，大夫说，一旦失明，将是不可逆的。手术前后，好友谷继生一直陪伴我左右。这使我收获了暖暖的友情，谢谢他们帮我保住了眼睛，我将永远感激他们！

这本词选共收录了自20世纪90年代末至2017年本人创作的新宋词500余首，是新宋词问世后的首部词集。在本书所设立的7个专辑中，最为大胆的是作者将自己反串人生的心理轨迹披露于世。人性不啻是小说、戏剧等所关注的课题，也应是诗词能够表现的题材。作者以为，性别和名称一样，只是一种符号，没有高低贵贱之分。阴阳撞击为电，作用都是平等的。人类之所以有种族歧视、性别歧视，这也衍生出许多不平等和不幸。为抗击这种意识，作者深入体验，从女性的角度（其实这在古代文人中不乏其例）写作了大量诗词作品，在受到许多读者喝彩的同时，也遭受了社会的诸多非议。在这个过程中，引起了许多朋友的关注，作者唯一能做的就是感恩：谢谢大家了！我知道，无论你有什么理由，一个男人在大庭广众下穿女装、体验女人也是在冒天下之大不韪，都会受到主流社会指责，而真正关心我的人则会受伤害最多最重，这让我既纠结又不安，我深深感到他们内心有多痛！我又有多么对不起他们！成也好，败也罢，好在随着这本书的出版，一切都成了历史，我和大家都获得了解脱。

当然，创作总是阶段性的。丰富自己的生活只能让感觉的触角更完整和敏锐，作者不可能永远停留在生活体验的某一阶段，比如反串，因为生活是广阔的。只有不断地告别过去，才能更轻松地拥有未来。

还要说说第六辑。本辑是写给一个人的，她叫楚燕，我称燕娘。她既是我的文友、诗友，更是我的灵交知己。在我精神濒临崩溃时，在我面对生活困惑、写作困惑时，总是她帮我渡过难关，帮我家庭渡过难关，给我默默支持。我一无所有，作为感恩，只能用诗词报答她。我们所有的故事都在诗词中。

在当今浮躁的社会，追名逐利很容易，因为信息在到处爆炸，网络把生活围得密不透风。但诗人应该是纯净的，因为诗的本质是纯净的。一个真正的诗人应该守得住寂寞，相互吹捧欺骗的只能是你自己，你的水平永远不会提高。把荣誉和光环当成舞台上的道具好了。

在长期的创作过程中，王兰玉、洋中冰、张建平、张文献、楚燕，是作者最亲密的合作伙伴，没有他们的无私奉献和一直坚守，这本书的出版是不可想象的。程民生先生为新宋词大力鼓吹，并在百忙中为本书作序；陈国桢先生为本书题写书名，精益求精书写了40余遍；肖红先生远在京都，听说新宋词即将出版，踊跃为本书设计封面。王载飞先生听说本书即将出版，作为开封市委宣传部长的他，在百忙中详细询问了新宋词有关创作与推广的状况。这些都足以让本人感恩与感动。

在新宋词传播中，张家顺、王宝贵、李旺枝、徐玉庆、韩伟业、张学明、黄益东、姚继红、赵京林、尚娟娟、杨东宁、张秋生、李卫东等，给予了本人很大支持；胡引生、王云河、孔令更、孙青艾、左增伟、王国钦、范国甫、赵国栋、王全水、任德平、刘文春、林一苇、胡杨、李新叶、谷继生、于同云、陶继新、刘恩珍、刘剑敏、董铁山、张鸿雁、张丽、张恩惠、刘树忠、孙富山、贾青懋、杨伏虎、李方、曹海燕、时肇建、曹云、徐兰、翟永义、郭宝光等，也为新宋词的传播做了大量工作，在此一并致谢！

开封，是宋词的故乡。作为土生土长的开封人，笔者的最大心愿，是新宋词定要在开封出版。这本书能在河南大学出版社顺利出版发行，还要感谢王发增先生、张云鹏先生、史锡平先生、张文献先生、王纯女士和翟淼淼女士。

感谢妻子赵奇，她不但包揽了所有家务，还包容了我所有的任性。

2018.9.18